竹影鲸歌
杜甫的意象世界

欧丽娟 著

北京大学出版社
PEKING UNIVERSITY PRESS

图书在版编目（CIP）数据

竹影鲸歌：杜甫的意象世界 / 欧丽娟著. —— 北京：北京大学出版社, 2025.4. —— ISBN 978-7-301-35986-0

Ⅰ. I207.227.423

中国国家版本馆 CIP 数据核字第 2025X8J594 号

书　　名	竹影鲸歌：杜甫的意象世界 ZHUYING JINGGE: DUFU DE YIXIANG SHIJIE
著作责任者	欧丽娟　著
责任编辑	吴　敏
标准书号	ISBN 978-7-301-35986-0
出版发行	北京大学出版社
地　　址	北京市海淀区成府路 205 号　100871
网　　址	http://www.pup.cn
电子邮箱	编辑部 wsz@pup.cn　总编室 zpup@pup.cn
电　　话	邮购部 010-62752015　发行部 010-62750672 编辑部 010-62757065
印 刷 者	三河市北燕印装有限公司
经 销 者	新华书店
	880 毫米×1230 毫米　A5　6.75 印张　145 千字 2025 年 4 月第 1 版　2025 年 4 月第 1 次印刷
定　　价	59.00 元

未经许可，不得以任何方式复制或抄袭本书之部分或全部内容。
版权所有，侵权必究
举报电话：010-62752024　电子邮箱：fd@pup.cn
图书如有印装质量问题，请与出版部联系，电话：010-62756370

目 录

第一章 叙 论 ························· 1
第一节 研究之动机与方法 ················ 1
第二节 意象之意涵 ····················· 7

第二章 意象主题（上）················· 25
第一节 竹之意象——坚贞自守的人格表现 ········ 25
第二节 花之意象——"界限经验"的深层展露 ······ 45
第三节 月之意象——心灵状态与生命情境的

    形象表达 ······················ 63

第三章 意象主题（下）················· 84
第一节 鸥鸟意象——人生历程变化的轨迹 ········ 84
第二节 大鲸意象——存在意向与创作理想的

    具体化 ······················ 100
第三节 鸷鸟意象——快意豪烈的侠义追求 ······· 114

第四章 意象塑造之特殊形式 ············· 130
第一节 倒装：色彩意象的突显 ············· 132
第二节 倒装：字质的丰富表现 ············· 144
第三节 当句对：交叠递进的复合意象 ········· 153

第五章　意象表现之特质 ……………………………………… 169
　　第一节　以情入物——"浮生之理"与"物理"合一
　　　　　　的世界观 ………………………………………… 170
　　第二节　细腻致密之观察与表达 ………………………… 177
　　第三节　沉郁悲凉 ………………………………………… 186

结　论 …………………………………………………………… 192

征引书目 ………………………………………………………… 196

第一章 叙 论

第一节 研究之动机与方法

"文艺创作的过程,实质上即是塑造艺术形象(意象)的过程。"①在一切文艺创作形式中,诗又是以最简约的语言营构出内涵最饱满的作品,因此诗人对其笔下艺术形象,亦即"意象"之塑造,尤其可以透显包涵了作者心灵和语言风格的全幅创作内容,而意象研究也正可作为现代读者由轴入辐、得其全轮之助缘,以此主径直驱堂府,并进而深玩三昧,得以对诗家形成专解。

事实上,由于对诗歌中意象表现之认识与重视,意象研究在西方已成为文学理论、文学批评的一大重点,就此撰成的研究论文亦迭有所出,成绩不容忽视。②此点近代学者便已曾指出过:"一般说来,西方现代文学批评理论中,对于诗歌方面所最重视的有二点:第一点乃是意象(image)的使用……另外一点西方文学批评理论

---

① 张少康:《中国古代文学创作论》,北京:北京大学出版社,1983年12月,页53。
② 例如〔美〕韦勒克(René Wellek)、华伦(Austin Waren)合著,王梦鸥、许国衡译:《文学论——文学研究方法论》(*Theory of Literature*),台北:志文出版社,1976年10月,其中第十五章所提到的对特定诗人的意象研究便有:鲁哥夫的《多恩的意象》、施宝琪恩的《莎士比亚的意象及其说与人者》、克列门的《莎士比亚的意象》,其他还有如霍华贝克的《拜占庭的殿堂》研究叶慈早期作品中的意象转为后期作品中的象征之类者,不胜枚举。

所重视的则是诗歌在谋篇一方面所表现的章法架构(structure)以及在用字造句方面所表现的质地纹理(texture)。"①而中国诗有其源远流长的创作历史,诗歌作品不仅丰富多面,甚且传达出独特的人生经验和美感经验,为民族人类的宝贵资产,历来研究者或研究诗人生平,或研究诗文风格及诗歌技巧,以意象为重点的专家研究者却寥寥可数,若能资借西方的研究方法与成果,适度地运用,不但能推陈出新,一脱前人窠臼,更能以西方批评理论所擅长之精微深入来帮助我们抉发诗歌更丰富的内蕴。"从西方文学理论'意象之使用'一点来看中国旧诗,乃是大可一试的欣赏的新角度。"②这便是本书的研究动机之一——开拓古典诗歌研究的新角度。

"艺术作品所提供观照的内容,不应只以它的普遍性出现,这普遍性须经过明晰的个性化,化成个别的感性的东西。"③而意象之为体现主体情感与客体景物交融后的形象表现(其详尽义界参看下一节的分梳),使得客观界的山川四季、草木鸟兽乃至风雨晴晦之容态,在同一条件下的存在样貌,却会由于诗人观照之角度、情感之质性等个性上的差异而在诗歌中有了高下各别、意趣分殊的不同呈现,也就是心灵活动才是诗歌创作的主宰,赋予作品以各自有别的风格。所谓的风格是与意象表现有着密切关连的。一般说来,风格的形成有赖于创作者的精神意蕴与作品的语言结构两方面的交融,"是一个人要表现自己的意识,要表现自己的思想,而且

---

① 叶嘉莹:《迦陵谈诗》,台北:三民书局,1984年1月,页242—243。
② 叶嘉莹:《迦陵谈诗》,页243。
③ 出自〔德〕黑格尔(Georg Wilhelm Friedrich Hegel)语,引见朱光潜:《西方美学史》,台北:汉京文化公司,1983年3月,下卷,页130。

要用最恰当的媒介来表现它们"。①去除了表现的"最恰当的媒介物"——语言文构,则创作者之思想意识与感情便毫无传达的可能,同时媒介运用之不当,亦将扭曲或偏离创作者所欲展露之讯息。因而论及风格之内涵时,必须兼顾"作者主观才性所展示的生命之姿"与"作品语文结构所彰显的艺术之姿"②,才能不稍偏颇,无失于周全完密。

然而,这种"双焦点的研究"(bifocal approach)③是否在两方各有所重的情况下仍有一共同的归集点,于此归集点上可以同时提领已然化为一股合流的生命与艺术之姿呢? 经过一番探索和审视,我们发现意象正是构成此一归集点的主要基础,意象的形成同时与作者主观才性、作品语言结构密不可分,换言之,意象与风格有十分密切的关系。就此,袁行霈便直接断言道:"诗的意象和与之相适应的词藻都具有个性特点,可以体现诗人的风格。一个诗人有没有独特的风格,在一定程度上即取决于是否建立了他个人的意象群。"并且在确立了意象与风格的关系后,他更举例说明道:"屈原的风格与他诗中的香草、美人,以及众多取自神话的意象有很大关系。李白的风格,与他诗中的大鹏、黄河、明月、剑、侠,以及许多想象、夸张的意象是分不开的。杜甫的风格,与他诗中一系列

---

① 语出英国艺术批评家赫伯·瑞德(Herburt Read)语,引自覃子豪:《风格》,收入氏著《论现代诗》,台中:普天出版社,1976年,页39。
② 借自蔡英俊:《六朝"风格论"之理论与实践探究》,台湾大学中国文学研究所1979年度硕士论文,1980年,页14。
③ 见〔美〕刘若愚著:《中西文学理论综合初探》,收入〔美〕刘若愚,杜国清译:《中国文学理论》(Chinese Theories of Literature),台北:联经出版公司,1985年8月,页306。

带有沉郁情调的意象联系在一起。李贺的风格,与他诗中那些光怪陆离、幽僻冷峭的意象密不可分。"①而杜甫之为诗国中光芒万丈的集大成与开新者,其诗作中意象之丰富与独出更是有目共睹,不是简单地以"带有沉郁情调的意象"便可一言以蔽之的。杜甫诗作中之意象究竟如何选择及营构?这便引发了本书的第二个研究动机——寻找杜甫所建立的独特、足以显发其生命与艺术双方面成就的意象。

非但如此,杜甫诗中的意象使用所以值得我们探究之故,除了其个性风格而产生的独特性之外,另一个重要原因乃在于他在意象使用上表现出超越前人的开新性格,以及对后世示范了文学经验中感受与表达的无限可能。刘若愚即曾以杜甫为中国诗歌意象发展上的断代者,指出:

> 假如我们将杜甫以前的诗与他的诗和他以后许多诗人的诗加以比较,我们可以看出在意象的使用上有相当的不同。……在早期的诗中,意象的使用倾向于偶然的和简单的,而在较后期的诗中,往往是有意的和复杂的。而且,在早期的诗中,我们很少看到相同的意象被用于整首诗中,或者不同的意象以联想密切地结合在一起,而在较后期的诗中,我们遇到持续的意象以及意象在基本上的一贯性。②

---

① 两段引文见袁行霈:《中国古典诗歌的意象》,收入《中国诗歌艺术研究》,北京:北京大学出版社,1987年6月,页66。
② 引见〔美〕刘若愚著,杜国清译:《中国诗学》,台北:幼狮文化公司,1983年10月,页173。

从杜甫在中国诗歌意象发展上的这个地位来看,不但找出杜诗中持续出现、具有一贯性或具有发展和变化性质的意象是极具开拓意义的目标,而当我们找到这样的意象时,除了抉幽发微,找出象征意义之外,更必须将之置于诗歌历史之中,对不同时代不同作家同类的意象主题做比较性的探讨,期使杜甫在意象塑造上开新的成就与对后世的影响得以彰显。这里我们要说明的是,各个时代文学中对意象都有其运用态度、方法和表现,这些自然连接而成一条历史脉络,当然并不意味着意象表现一定有后出转精的定则,然则,一方面是"近代学术研究对于语言文学或其他文化现象的研究讨论都具有一项方法论上的特点,那就是透过定点上的横断(synchronic)与历史发展上的纵贯(diachronic)的交互运用,而清楚说明某一个问题的全貌"。①另一方面刘若愚也已指出杜甫和杜甫之前整体诗歌意象的不同表现,因此,本书的研究法除了运用到一般的主题研究(thematic studies)方法外,也进一步关涉主题学研究(thematics or thematology)的范畴。对这两种研究法的个别定义及彼此间的差别,陈鹏翔在(thematic studies)《主题学研究与中国文学》一文中曾有一段说明:

> 主题学是比较文学中的一部门(a field of study),而普通一般主题研究则是任何文学作品许多层面中一个层面的研究

---

① 见蔡英俊主编:《中国文化新论·文学篇二:意象的流变》,导言,台北:联经出版公司,1982年9月。

(thematic studies);主题学探索的是相同主题(包含套语、意象和母题等)在不同时代以及不同的作家手中的处理,据以了解时代的特征和作家的"用意"(intention),而一般的主题研究探讨的是个别主题的呈现。……主题学应侧重在母题的研究,而普遍主题研究要探索的是作家的理念或用意的表现。①

本书主旨即在一方面找出足以透显诗人意向和理念的持续性意象主题,详加论;同时依其对前朝的相同主题所作的突破状况,与其对后代诗人启发、提升类似文学经验的影响,试加比较探讨,因此可以说,在方法上是兼采了"主题研究"和"主题学研究"两类研究范畴的。而东洋汉学界也常用此种研究方法,如吉川幸次郎就曾经举出杜甫《曲江三章章五句》中的"白石"一词,透过《诗经》以下文学作品的考察,来肯定杜诗的致密性质,这也给予我们方法上的鼓励。②

以下便先从"意象"一词的定义及其相关要项的说明开始,再透过杜甫全部作品,从其繁富多面的内容中找出几个主要而持续的主题意象依序展开论析,以彰显其生命存在状况、世界观乃至文艺理论等各方面表现;其后并辟一章专门讨论杜甫明显为塑造意象所作的形式上的改进、努力及其意义,最后以分析杜诗意象的特

---

① 陈鹏翔:《主题学研究与中国文学》,收入陈鹏翔编:《主题学研究论文集》,台北:东大图书公司,1983年11月,页15—16。
② 详见〔日〕吉川幸次郎著,孙昌武译:《杜甫的诗论与诗——在京都大学文学部的最后一课》,收入萧涤非主编:《唐代文学论丛》总第七辑,西安:陕西人民出版社,1986年1月,页62—65。

质做结;结论部分则对全书作一简单回顾,并以意象塑造的角度来重新肯定杜甫诗在诗歌史上"集大成"的意义。

第二节　意象之意涵

"意象"一词在文学批评和文学理论中有着普遍广泛的应用和相应的研究。基于任何一种文学概念均有其萌芽、发展的过程,在此过程中必然产生定义与使用上的分歧与多义性,加以中西两种文学脉络的先天差别,其对同一概念内涵各有不同的偏重,故而所造成的意义指谓(denotation)之纷杂是可以预想的。因此,在论析杜甫诗之意象前,将意象此一概念的语义作一分疏以为论说基础,乃是有其根本必要的。

"意象"一语于中国本有自己的发展历史,几经流变之后观念上已有一特定归趋;另一方面,现代的文学研究受西方理论的影响也颇有时日,意象概念早经西人颇为细密精微的分析,其研究篇帙中自亦多有值得借鉴之处,于此,我们当问:自生与他来之间是否能够取得交融会通,而允许使用者据此融通之处作为论说之出发点,并进而成为抉发诗人诗歌创作深意与美感价值的佐助?本节以下就尝试分三部分,第一部分探讨中国意象概念之发展与使用状况,第二部分讨论中西的意象内涵,第三部分则在确定"意象"一词的指涉义界后,更进一步说明"意象"与"象征"的关联,以证示意象研究具有"基础性"与"扩展性"的双重特质,足以为吾人掌握诗人意向与诗歌艺术成就的根据。

一、意象概念的发展及使用状况

就组成"意象"一词的两个构成物"意"和"象"而言,明显有主观抽象和客观具象的对立组合关系,正如黄维樑所说:"气象、意象、意境、情景等词有一共同特色,就是均为复合名词,每词的首字抽象,末字具象。抽象的是气、意或情,指作者或作品所蕴含的情意之类的东西;具象的是象、境、景,则为作品所描写所经营的景物、事象、境况之类。"①意象中所谓的"意",不外乎情意、意义、意念、心意等可以"意"为构成要件的词组所包含的意思,总合起来也就是抽象的主观情感思致,其义争议极少;而意象中的"象"字,指的是"形象"之义,唯形象之内容指涉可宽可狭,认知差距颇大,也直接影响到"意象"的定义,因而是厘清的一个重点。

首先,与形象表现有最直接而广泛关系的,就是"物象"。现实客观界是由一个个具体的物所构成,所谓山川器物、草木鸟兽之类,都有其色彩线条轮廓等外在形象呈现于人类感官之中,成为人类认知的初步依据,这种以外在形貌为人客观地接收、认识的具体物的展现,就是"物象"一词的涵义。但是虽然物象在文艺概念中与意象有着紧密且最广泛的关系,却也不是意象表现的唯一凭借。因为虽然物是构作世界的元素,物象也是人认识世界直接得到的客观印象,但是世界的存在并不只是一个个单一物,也不是靠物与物静态地并置罗列所构成,还依其间的交互关系而有种种动态的呈现,所谓:"万事万物,当其自静而动,形迹未彰而象见矣。"②即是

---

① 见黄维樑:《中国诗学纵横论》,台北:洪范书局,1977 年 12 月,页 7。
② 见(清)章学诚:《文史通义》,台北:台湾中华书局,1981 年,卷一,页 6。

指这种动态萌生前后显发的"象"而言；何况即使是同一个静态物，也有时间因素所造成前后不同的变化，反映于人的接收系统中，也构成形象的感受，如此一来，"形象"的内容也扩及"景象""事象"的范围，于此，我们当讨论中国文艺中意象概念发展的"易象"阶段所涵摄的指涉。

所谓"易象"，指的是《易经》一书中运用的形象表达。《系辞传》曰："书不尽言，言不尽意，然则圣人之意，其不可见乎？子曰：圣人立象以尽意，设卦以尽情伪（伪者实也）……乾坤其易之缊邪！"①王弼《周易略例》对此有更详尽的引申："夫象者出意者也，言者明象者也，尽意莫若象，尽象莫若言，言生于象，故可寻言以观象；象生于意，故可寻象以观意，意以象尽，象以言著。"②虽未产生意、象连称的专词，但已肯定形象是传达情实的重要媒介，而形象之传达又有赖于言语的塑造，这就形成了言—象—意之间一条追溯逆求的关系。如此，"形象"已非客观之存在样貌，乃是构作于文字中，负责传达构作者之意念情志的凭借，形象也就得到了文字表达中的主观生命；这种解释与诗歌构成方式已颇为接近；到了刘勰《文心雕龙》首度使用"意象"一词时，也就达到了文学中形象思维完成的初步阶段，所以章学诚《文史通义·易教下》篇曰："易之象也，诗之兴也。"又说："易象虽包六艺，与诗之比兴尤为表里。"以及："易象通于诗之比兴。"③都指出由易象转为诗歌意象的

---

① 见（魏）王弼、（晋）韩康伯注：《周易王韩注》，台北：台湾中华书局，1974年，卷七，页10。
② 见（魏）王弼、（晋）韩康伯注：《周易王韩注》，卷十，页8—9。
③ 见（清）章学诚：《文史通义》，卷一，分见页5、页6、页7。

自然演进之势。若将以上所言的形象概念以一简单公式来表示,就是:物象——→易象——→意象。①

由于易象与意象之间密切的关系,讨论构成易象的形象类别,将有助于我们对诗歌中意象涵义的认识。章学诚即曾说明《周易》叙写之形象包涵甚广,《文史通义·易教下》篇曰:"有天地自然之象,有人心营构之象。……心之营构,则情之变易为之也,情之变易,感于人世之接构,而乘于阴阳倚伏为之也。"②表明了自然物象只是形象表达之一端,并不足以限制形象之内容。若就《周易》之卦爻辞所叙写之各种事物形象而言,"我们大致可以将之区分为三大类:其一是取象于自然界之物象;其二是取象于人世间之事象;其三则是取象于假想中之喻象。"③三类中后二类的事象和喻象,可以说就是章学诚所谓的"人心营构之象",能够经由联想、想象等作用而构设出来,不必只是反映客观实在界的摹本。至此,形象的表达就可以确定它的范围类别了。其后在文学批评中所使用的"意象",基本上也涵盖了这些用法或种类。

现在,我们来看看历代对意象的运用状况。刘勰是首先提出意象一词的人,《文心雕龙·神思》篇中曰:

> 使玄解之宰,寻声律而定墨;独照之匠,窥意象而运斤:此

---

① 此一公式借自张少康:《中国古代文学创作论》,页54。
② 见(清)章学诚:《文史通义》,卷一,页5。
③ 引见叶嘉莹:《中国古典诗歌中形象与情意之关系例说》,收入《迦陵谈诗二集》,台北:东大图书公司,1985年2月,页131—132。

> 盖驭文之首术,谋篇之大端。①

这里的意象一词,指的是构思中的形象,颇能直接传达情思意想与形象在文学表达上统合为一的关系,较之易象一词更加接近文学的内涵;而且从刘勰在指出声律为诗文构成的要素之外,也认为意象的经营是驭文谋篇的首要大端,可见中国文论家对意象很早便有所认识,并进一步肯定它在文学表现上的重要地位。这种将意象与声律并举,以讨论诗文创作的现象,确然是十分值得注意的。至于唐代,王昌龄《诗格》则云:

> 久用精思,未契意象。……搜求于象,心入于境,神会于物,因心而得。

进一步清楚指出诗人在驭文谋篇的过程中,如何"窥意象而运斤"的"术"(方式),拈出"心—神—思"与"物—象"之间投注汇融而形成意象的心物关系。晚唐司空图在《二十四诗品》中也说:

> 是有真迹,如不可知。意象欲出,造化已奇。②

---

① 见(梁)刘勰著,周振甫注:《文心雕龙注释》,台北:里仁书局,1984年5月,页515。
② 见(唐)司空图著,(清)钟宝学课钞:《司空图诗品诗课钞》,台北:广文书局,1982年8月,页4。

构想中的"意象"虽未化为文字,似乎是不可知的,但其中确有真迹存在,且直通造化之奇,可见司空图对意象作为生动地传达诗歌内涵的依据,也是抱着肯定的态度。除此二家之外,宋明清各代的诗话文论,运用此一词汇者愈来愈多,如宋《唐子西文录》曰:

> 谢玄晖诗云:"寒城一以眺,平楚正苍然。""平楚",犹平野也。吕延济乃用"翘翘错薪,言刈其楚",谓楚,木丛。便觉意象殊窘,凡五臣之陋,类若此。①

这里的"意象",是谢朓这两句诗所呈现的整体形象,也破除了全以"物象"为"意象"的拘限,正符合前文所指出形象的范围;另外明朝的李东阳《麓堂诗话》、王世懋《艺圃撷余》、陆时雍《诗镜总论》和朱承爵的《存余堂诗话》等都运用过"意象"这个概念:

> ●"鸡声茅店月,人迹板桥霜。"人但知其能道羁愁野况于言意之表,不知二句中不用一二闲字,止提掇出紧关物色字样,而音韵铿锵,意象具足,始为难得。②
> ●老杜结构自为一家言,盛唐散漫无宗,人各自以意象声响得之。③
> ●《河中之水歌》,亦古亦新,亦华亦素,此最艳词也。所

---

① 见(清)何文焕辑:《历代诗话》,北京:中华书局,1981年4月,页447。
② 见(明)李东阳:《麓堂诗话》,收入(清)丁福保辑:《历代诗话续编》,北京:中华书局,1983年8月,页1372。
③ 见(明)王世懋:《艺圃撷余》,收入(清)何文焕辑:《历代诗话》,页778。

第一章 叙 论

难能者,在风格浑成,意象独出。
- 齐梁老而实秀,唐人嫩而不华,其所别在意象之际。①
- 诗词虽同一机杼,而词家意象亦或与诗略有不同。②

以上五条数据中,第一条数据从音韵铿锵和意象具足两方面来推美诗句,第二条资料也以意象、声响作为学诗的两个入手处,正和《文心雕龙》对驭文谋篇所掌握的两个方向一致;第三条资料以风格和意象来导引对诗歌的欣赏,赞美《河中之水歌》具有鲜明独特的意象;第四、五条则指出由于时代(齐梁、唐)和体裁(诗、词)的不同,意象表现也会有所差异,这就掌握到时代倾向和形式构造对意象塑造的影响,可以说,对意象已有较为整体的认识,了解到意象并无法孤立存在,必须在诗歌整体中才能呈现其风貌,而且也可以透过对不同时代诗作意象的考察,来具体地看出其间差异。这点就颇具比较方法的意味了,正与本书作法略同。

到了清朝,笺注诗文和诗话批评风气更盛,"意象"一词使用者增多,对此一术语的诠解也益加明晰,如叶燮《原诗·内篇下》曰:

可言之理,人人能言之,又安在诗人之言之? 可征之事,人人能述之,又安在诗人之述之? 必有不可言之理,不可

---

① 以上两则见(明)陆时雍:《诗镜总论》,收入(清)丁福保辑:《历代诗话续编》,页1408。此外尚有"此皆得意象先,神行言外"以及"实际内欲其意象琳珑,虚涵中欲其神色毕着"可为例,同书,页1409、页1420。
② 见(明)朱承爵:《存余堂诗话》,收入(清)何文焕辑:《历代诗话》,页794。本段诗话引文一部分参考张少康:《中国古代文学创作论》,第二章第二节,页54。

述之事,遇之于默会意象之表,而理与事无不灿然于前者也。……如(杜甫)《玄元皇帝庙》作"碧瓦初寒外"句……设身而处当时之境会,觉此五字之情景,恍如天造地设,呈于象,感于目,会于心。意中之言,而口不能言;口能言之,而意又不可解。划然示我以默会相(意?)象之表……有中间,有边际,虚实相成,有无互立,取之当前而自得,其理昭然,其事的然也。①

这段话有两个重点:其一是指出诗歌能够运用意象将不可言述的理、事完足灿然地传达出来,并使我们经由阅读活动而有所感受,有所会心;其二是"呈于象,感于目,会于心"的描述,颇能指出由作者到读者之间的传释过程,及意象作为沟通媒介的重要性。可见叶燮不但掌握到诗歌以意象来感发人心的性质,也更进一步对意象的感发方式有所阐述,这都较前人的评说精密、深入。

清朝其他以意象来评述诗歌者尚有不少,其中自不乏评注杜诗者。试举数家为例。黄生评《春日忆李白》一诗颔腹两联之"清新庾开府,俊逸鲍参军。渭北春天树,江东日暮云"曰:

此诗本以"清新俊逸"目李,五、六二语不必有意拟似,觉"清新俊逸"四字,意象浮动其间,此以神遇不以力造者也。②

---

① (清)叶燮:《原诗》,见(清)丁福保辑:《清诗话》,台北:明伦出版社,1971年12月,页585。
② 见(清)黄生:《杜工部诗说》,京都:中文出版社,1976年6月,卷四,页195。

指出杜甫以具体景物落实"清新俊逸"这种抽象的形容,使之具有鲜明可感的直接印象,同时此一具体景物也得到情思的染化,而更为灵动;并说"不必有意拟似""以神遇不以力造",都是赞赏杜甫出句浑融,自然照应,没有刻意雕琢的痕迹,这正与前引叶燮所说"天造地设"一样,都是意象表现的最高境界。另外,吴瞻泰评《野人送朱樱》之"数回细写愁仍破,万颗匀圆讶许同。忆昨赐沾门下省,退朝擎出大明宫"两联云:

> "愁仍破""讶许同",则并"赐沾""擎出"意象,已俨然活现矣。①

点出杜甫以"愁仍破""讶许同"等数语,鲜活地表现出樱桃之细致珍贵,及众人(包括杜甫自己)小心呵护的景象,其状俨然如在目前;这两家都是在评赏个别诗例时用到意象一词的。此外罗挺则认为注杜者应以抉发杜诗的意象为目标之一,立场或对象都较为全面化,其曰:

> 提纲挈领,摄魄追魂,意象昭融,法律森列,如取作者悲歌感慨、纵横跌宕之概,亲授于千载以下;又如取读者流连反复、冥搜妙会之旨,亲炙于千载以前,症结尽开,神解独契,则求之

---

① 见(清)吴瞻泰:《杜诗提要》,台北:台湾大通书局,1974年10月,卷十一,页605。

千百注杜家而不能得一二。①

这就明确地认为,评注者将杜诗中昭融的意象、森列的诗法提挈出来,将有助于作者精神气韵的传达,和读者吟咏追摹,与诗人遥相契合。这里将意象与法律并举,一方面远承刘勰、王世懋等人对诗歌创作两个方向的掌握(声律音韵也属于诗法这一面),一方面却也显示他已注意到杜诗中饱满浑融的意象表现,并不亚于诗法方面的成就,且进一步期许评注家在征用故实之外,要以抉发杜诗意象为主要职志之一,才算钩元提要,探入根本。这可以说是评注杜诗的一个新方向,罗挺明确提出于清代,是对已渐受重视的意象评析的强化,且与今日文学研究重点似有暗合。与前面列举的情况合而观之,可见以意象来论析诗歌创作的潮流逐渐转盛的轨迹。

二、意象的构成、传释与评价

对意象概念之发展及使用状况有一认识后,我们要接着讨论意象一词的定义。

前文已曾约略提及,意象基本上是主观情思与客观形象的统一呈现;从叶燮"呈于象,感于目,会于心"那一段话也看到意象的传释过程,和它感发人心的效果,但意象塑造又包涵何种意义呢?先看《诗人玉屑》引《金针格》曰:"炼句不如炼字,炼字不如炼意,炼意不如炼格;以声律为窍,物象为骨,意格为髓。"②其中提到

---

① 见(清)吴瞻泰《杜诗提要》,后序,页769。
② 见(宋)魏庆之:《诗人玉屑》,台北:世界书局,1980年10月,卷八,页172。

的炼句、炼字等字句锻炼的工夫,其实一直为诗家及评诗者所重(如王安石"春风又绿江南岸"的"绿"字几经改动始定),也是传达具体鲜明之意象的工夫;另外值得注意的是,这段话除了说声律是成诗的根本要素,必须"以声律为窍"之外,更指出作诗应以"物象为骨"、以"意格为髓",即是以物象为诗歌构成之支架,其精髓则在诗人之意旨。虽未意、象连称,其象也拘于物象,但其诠释已极为接近"意象"一词所融摄的两个方向;这也是刘勰"拟容取心"的另一个说法。

《文心雕龙》不但首先使用意象一词,也对意象的构成方法提出周延的说明。《比兴篇》赞曰:"拟容取心,断辞必敢。"①认为诗歌中比、兴之义要从写物拟态和寓托心意两方面同时着手,"拟容"是形象的描写,"取心"是情志意念的透显,这与《诠赋篇》所说"情以物兴,故义必明雅;物以情观,故词必巧丽"和《神思篇》所谓"物以貌求,心以理应"②是一贯的说法。③意与象的结合关系和心与物、情与景之间的结合关系是一致的,都牵涉主客观间融摄的问题。景物以其客观外貌为人把捉,触发人的情思,虽然有其客观样态,但在诗人情志心意的转化后,已不纯然是客体存在,经由"以情观""以理应"的活动,景物就成为容许我们从中"取心"的意象,而有了扩延的意义。如果再细分这种心物交融的模式,可以得到三种不同的感发方式及表达方式,那就是赋、比、兴三义。赋是直

---

① 见(梁)刘勰著,周振甫注:《文心雕龙注释》,页678。
② 见(梁)刘勰著,周振甫注:《文心雕龙注释》,分见页138、页517。
③ 参考张少康:《中国古代文学创作论》,第二章第二节。

接叙写(即物即心),属于意象的直接传达;比是借物为喻(心在物先),属于意象的间接传达;兴是因物起兴(物在心先),属于意象的继起传达。①三种结合方式都是有机的,相偕共融的,正如前引《金针格》所说"物象为骨,意格为髓"的关系一样;而当意象塑造出来后,就能循着"呈于象,感于目,会于心"的传释过程,达到传递意旨、打动人心的效果。此一过程可试列简式如下:

兴于情(意)——→呈于象——→感于目——→会于心

前两项属意象构成阶段,后两项属意象传释阶段。就意象构成阶段而言,除了前面所说外,还牵涉到一个问题:既然人心不同,各如其面,所感之物、所选之象也各有所别,因此最能显示诗人不同的风格或心灵向度。黄侃在《文心雕龙札记》的《比兴篇》中便指出:"触物以起情,节取以托意,故有物同而感异者,亦有事异而情同者。"②这是就构作意象阶段而言,其实落实到意象的传释上也同样可以成立,如陈善《扪虱新话》上集卷一对"物同感异"就有具体的比较:

诗人有俱指一物,而下句不同者,以类观之,方见优劣。

---

① 此种解释乃融合叶嘉莹、王梦鸥两位先生的看法,分见叶嘉莹:《中国古典诗歌中形象与情意之关系例说》,收入《迦陵谈诗二集》,页139;王梦鸥:《文学概论》,台北:艺文印书馆,1989年8月,页128。
② 见叶嘉莹:《中国古典诗歌中形象与情意之关系例说》,收入《迦陵谈诗二集》,页125。

王右丞云:"遍插茱萸少一人。"朱放云:"学他年少插茱萸。"子美云:"好(按:当为醉)把茱萸仔细看。"此三句皆言茱萸,而杜当为优。又如子美云:"鱼吹细浪摇歌扇。"李洞云:"鱼弄晴波影上帘。"韩偓云:"池面鱼吹柳絮行。"此三句皆言鱼戏,而韩当为优。……学诗者以此求之,思过半矣。①

这段话指出两个重点:其一是,在相同的物象基础上,由于情意的类别、深浅和字句锻炼的高下,使得诗人构作意象时下句不同,因而在传释意象上也导致不同的感受,这都属于所谓的"物同感异";其二是,陈善以为将意象表现连模拟观,评判优劣,也是学诗方法之一。虽然优劣难有客观标准,但这种比较方法却指引我们一个研究方向,这点我们在本章第一节已有论述,可互相参看。而优劣之区分,则另外牵涉到意象"感于目,会于心"的传释问题了。张戒《岁寒堂诗话》曾说:"人才各有分限,尺寸不可强。同一物也,而咏物之工有远近;皆此意也,而用意之工有浅深。"②就此,梅圣俞所说的一段话可以作为意象传达上优劣的判准:

诗家虽率意,而造语亦难。若意新语工,得前人所未道者,斯为善也。必能状难写之景,如在目前,含不尽之意,见于言外,然后为至矣。③

---

① 引自华文宣编:《杜甫卷:唐宋之部》,台北:源流出版社,1982年5月,页333。
② (宋)张戒:《岁寒堂诗话》,收入(清)丁福保辑:《历代诗话续编》,页454。
③ 引自(宋)欧阳修:《六一诗话》,收入(清)何文焕辑:《历代诗话》,页267。

这种兼摄了"难写之景"和"不尽之意"的综合表现，可以说是"拟容取心"的充分发挥，也是意象传达的最高境界，对意象在感官体验和心灵体悟两方面的功能，有了极佳的说明。

至此，我们也可以看到，中国文论中已有清楚完整的意象概念，从意象的构成要素、塑造方式、传释过程和功能评价等，都有所阐发，足以在意象研究中提供相当的基础。以下，我们再看看西方文学理论、批评中的意象概念，以为互相发明之佐助。

在西方，意象获得更多的讨论。在心理学方面，意象一词是指过去的感觉或已被知解的经验在心灵上再生或记忆。①这与文学创作是将个人的知觉、经验的再传达、再创造，原理颇为接近，于是专讲意象的文论家们就把联想、想象、记忆等心理学上的名词，全包括于意象活动内。②事实上，这种感官性也是文学论评家在讨论意象时都接受的根本特质，例如狄·刘易斯（C. Day Lewis）便说："我认为每一个意象——即使是最纯粹感情性的或知性的意象——都含有某些感官性的痕迹。"③确定这点之后，我们要再看看意象可以有哪些感官的表达。

根据第一个以意象观念分析莎士比亚戏剧的斯珀吉翁（Coroline Spurgeon，1869~1942）的定义，意象是指："诗人、散文家以文字描绘成的小幅图画（the little word-picture），用以解说阐明他自

---

① 见〔美〕韦勒克、华伦合著，王梦鸥、许国衡译：《文学论——文学研究方法论》，页303。
② 参王梦鸥：《文学概论》，第十二章《意象传达的层次》，台北：艺文印书馆，页121。
③ 引自〔美〕刘若愚著，杜国清译：《中国诗学》，页153。

己的想法,润饰他的想法。作者的看法、设想、言有未尽之处,自有其整体的内涵,自有其深度与丰富的意义,意象就是一种描写或一种意想,用以把上述的涵意传达给读者。"①这里的"图画"便是偏重于视觉方面而言。韦勒克和华伦则指出,在意象的分类中还包括听觉的、味觉的、嗅觉的、温度的、压力的、静的和动的等②,其实也就是包涵一切感官所能接收的感受。这种分类虽较我国文论更为精细,但在范围上却是一样的,亦即"凡是可以使人在感觉中产生一种真切鲜明之感受者"③便都是意象的表现。

此外,斯珀吉翁在定义里也指出,意象有传达意念想法的功能,能把诗人未尽的整体意涵深刻丰富地表示出来,这也就是梅圣俞所说"含不尽之意,见于言外"的意思。因此意象派代表人物之一的庞德(Ezra Loomis Pound,1885~1973)也定义道:"意象就是在一刹那间同时呈现一个知性及感性的复合体。"④并指出意象除了传达感官感受之外,还要能使人"获得一种从时空的限制中挣开来的自在感、一种'突然成长的意识'"⑤。这一种意象的综合性质,克罗齐(Benedetto Croce,1866~1952)曾用"心灵综合作用"来

---

① 引自钟玲:《先秦文学中杨柳的象征意义》,收入中国古典文学研究会主编:《古典文学》第七集,台北:台湾学生书局,1979年,页81—82。
② 见〔美〕韦勒克、华伦合著,王梦鸥、许国衡译:《文学论——文学研究方法论》,页303。
③ 见叶嘉莹:《中国古典诗歌中形象与情意之关系例说》,页133。
④ Ezra Pround, "A Few Don'ts" in Prose Key to Modern Poetry, ed. Karl Shapiro (New York: Harper & Row, Inc. 1962) p. 105. 引自陈鹏翔:《主题学研究与中国文学》,收入陈鹏翔编:《主题学研究论文集》,台北:东大图书公司,1983年11月,页21—22。
⑤ 陈鹏翔:《主题学研究与中国文学》,页21。

加以说明,也很值得参考①。这些与我们前文所论析的意象义涵可以说是一致的,都兼具抽象和具体两方面的构成要素和综合呈现,能够彼此互相补充。

至于意象使用的模式,西方诗论中有比"赋、比、兴"三义更详尽的分别,如明喻、隐喻、转喻、拟人、象征、举隅、寓托、外应物象等都是②,从这些琳琅满目的名目中,我们也可以看出意象在西方是受到如何的重视了。其中"象征"具有更大的外延范围,与本论著关系密切,我们在下一小节再加讨论。

三、意象与象征

所谓的象征(symbol)也是一定义纷歧的术语,但在分歧中却也都包括"以此代彼"的同一性质。如韦勒克和华伦所采用的解释是:"以此物应于彼物,而此物本身的权利仍被尊重,这恰是个双重的表现。"③不外乎都须具备两个相应对象的双重条件才能构成"象征"的用法。就意象是象征的基础而言,一个意象在何种情况下才可以说达到了象征的层次呢?它和相应对象结合的过程又是如何?首先,韦勒克和华伦的解释是:"象征具有反复的和固定的涵意。如果一个意象一度被引作隐喻,而它能固定地反复着那表现的与那重行表现的,它就变成象征。"并且因此导出意象和象征之

---

① 参考朱光潜:《西方美学史》,台北:汉京文化公司,1983年3月,第十九章。
② 见叶嘉莹:《中国古典诗歌中形象与情意之关系例说》,收入氏著:《迦陵谈诗二集》页143—144。施宝琪恩也说:"我的意象一词包括各种明喻及暗喻。"见张汉良:《比较文学理论与实践》,台北:东大图书公司,1986年2月,页363。
③ 见〔美〕韦勒克、华伦著,王梦鸥、许国衡译:《文学论——文学研究方法论》,页307。

关系的一般模式:"当那隐喻是重复而且主要的时候,如在克拉萧、叶慈以及艾略特的作品中,正常的方式则是意象转为隐喻,隐喻转为象征。"①而为区别未转为象征的平常意象,又有所谓"象征意象"一词的出现②。然而经由前文的分析,我们知道意象是形象透过心灵的综合作用下的产物,特别当此一形象是属于具体物类时,透过诗人赋予的主观诠释之故,其意象化的结果便常同时兼摄了物性及抽象情思或意义的存在,具有表达上的双重性质,可以像解读密码一样地从中抽绎出它所含蕴的象征意义。所谓意象和象征的界限是不明显的。因此休·霍尔曼(C. Hugh Holman, 1914～1981)便直接定义道:"象征是一个意象,它能触发读者心中客观具体的事实,而那事实会令读者联想另一层涵意。"③如此一来,意象和象征的关系是可以直接同时建立的,并不需要前后多次出现、经过隐喻的转变过程;而当一意象持续出现时,其象征意涵也就不限于固定反复的内容了。

此外,我们应说明的是,一个意象的多次出现,能持续代表某一特定的情志,也能随着诗人生命境界或感受层次的转变,而有不同的象征,两者都可以成为掌握诗人一生纲要的线索。因此本书论析的意象主题仍以持续多次出现的为择取标准,一来较具代表性,二来也可免于支零之弊;而我们的探讨也将包括诗人情志的抉

---

① 见〔美〕韦勒克、华伦著,王梦鸥、许国衡译:《文学论——文学研究方法论》,页308。
② 此词可见郑树森编:《现象学与文学批评》,台北:东大图书公司,1984年7月,页14;又见张汉良:《比较文学理论与实践》,页364。
③ 〔美〕刘若愚著,杜国清译:《中国诗学》,页83。

发、象征意义的阐释和艺术的表现各方面,这是在厘清意象和象征之异同后须附带说明的。

其次,本书在方法上和角度上都是新的尝试,所选择的意象主题也以能够反映杜甫不同的情志意向为标准,希望由不同的侧面来把握杜甫生命和艺术的境界,以及他在诗歌意象上集大成的意义。维此之故,意象主题的选择便未及兼顾所有的意象。希望日后能有机会在这个基础上继续研究,将未尽之处扩充、发展,使更臻于完备。

第二章　意象主题(上)

在进行第二、三两章意象主题的论析之前,首先应说明这些意象主题的选取和分章标准。

杜诗中展现的意象包罗万端,深度和广度俱十分可观。选取时为统一起见,以多次而又持续出现的意象作为主题研究的目标;且这些意象主题间又有彼此互异,各别从不同向度传达诗人之理念或生命状态的关系,这在前文已曾约略述及。就分章依据而言,首先是基于全文形式均衡之考虑,其次是意象本身有划分的需要:第二章探讨的全以静物为主,且这些静物的竹、花、月之意象,又都属于杜甫前历代诗作中之所常见,因此并同一处;第三章则以动物为主,而这些动物的鸥、鲸、鸷鸟意象,全都属于杜甫前的诗人极少措意者,到杜甫手中才成为用意深切的意象主题,故三者归为一章。以下便析章分节讨论之。

第一节　竹之意象——坚贞自守的人格表现

自古以来,诗人吟咏多有感物而动的性质,《文心雕龙·明诗》篇曰:"人禀七情,应物斯感,感物吟志,莫非自然。"江山林园自然风物莫不为诗人文思之奥府,提供诗人无数表情达意的具体媒介,其自身也因诗人情思之附丽而重塑形象,主客观间相即相融,而共成一诗歌意象世界。在千树万木中最常出现诗句中的莫过于松柏桃李和梅柳竹菊等,松柏与竹之坚劲常青,桃李之秾艳易谢,和杨柳之青条飘垂,早已是《诗经》以来文学家诗心所钟的对象。

随着文学史的脉络向下延伸,魏晋南北朝诗歌中以植属为题材或构诗元素的传统一直未尝稍歇,至齐梁咏物诗的兴起甚至自成一大范畴,因此它们可说是中国文学的一个重要因子。其中,"竹"也是主要对象之一;对杜甫而言,更是我们据以探寻其人格感情与艺术成就的重要线索,因此是一个值得探讨的意象主题。

在文学史上,最早出现"竹"之意象者当数《诗经》。《卫风·淇奥》篇曰:

> 瞻彼淇奥,绿竹猗猗,有匪君子,如切如磋,如琢如磨。瑟兮僩兮,赫兮咺兮,有匪君子,终不可谖兮。
> 瞻彼淇奥,绿竹青青,有匪君子,充耳琇莹,会弁如星。瑟兮僩兮,赫兮咺兮,有匪君子,终不可谖兮。(三章录二章)

《诗序》以为:"淇奥,美武公之德也。"朱子《诗集传》于本篇第一章下亦注曰:"卫人美武公之德,而以绿竹始生之美盛,兴其学问自修之进益也。"[①] 就本篇之"兴体"而言,是诗人在"瞻对"淇水上茂密葱茏的绿竹时,偶然地引动、触发内心中原已存在的对卫武公的赞美,先以绿竹之美盛为起,进而发出衷心的歌颂,以"起景继情"的方式赋予抽象的德操一种具体可感的形象。

---

① (宋)朱熹:《诗集传》,卷三,台北:艺文印书馆,页139。

不过此一形象乃是由丛竹外在青茂之景"对照"内蕴的歌颂之情而形成的,诗人与绿竹的关系是"瞻对"的,是有距离地看赏的,即"瞻彼淇奥"之"瞻"字所显示出来者。作为起兴的绿竹以其外在猗猗、青青之状,而为诗人所把捉,对诗人而言,绿竹与君子这两个"对照意象的关键在于两个对照成分中间的形容描写语,而不在于所指称的'君子'或所提到的'草木'的个别种类"①。因此,全诗在从容讽咏中,固然得以使卫武公之盛德形象化地显示出来,然情景为二,各有待对照而后兴味能显,这是"兴"体的一个特点②。此外,这里的竹是清新、明朗的,我们在其他章节追溯其他意象主题时,仍可以看到此一特色。

至东汉末的著名诗作《古诗十九首》中,竹的意象较之《淇奥》篇又有了新的转移。其第八首诗云:

> 冉冉孤生竹,结根泰山阿。与君为新婚,兔丝附女萝。
> 兔丝生有时,夫妇会有宜。千里远结婚,悠悠隔山陂。
> 思君令人老,轩车来何迟。伤彼蕙兰花,含英扬光辉。
> 过时而不采,将随秋草萎。君亮执高节,贱妾亦何为?

---

① 文铃兰:《诗经中草木鸟兽意象表现之研究》,政治大学1986年中文研究所硕士论文,页97。

② 也因此导致某些传注家甚至推论两者并无相关之处。例如在此三章下朱子皆注曰:"兴也。"而《诗集传》卷一《关雎》篇下对兴的定义是:"兴者,先言他物以引起所咏之词也。"《朱子语类》更清楚地指明:"诗之兴,全无巴鼻,后人诗犹有此体。"又云:"多是假他物举起,全不取其义。"则"绿竹"之形象与歌咏对象的"君子"之间,便存有一大间隙,乃至毫无关涉的地步,只是用以引出主题的一个借物而已。虽就歌诗创作的基本性质而言,此说有待商榷,但这也代表了某种看法和感受,可为参考。本注引文部分参考徐复观:《释诗的比兴》,《中国文学论集》,台北:台湾学生书局,页93。

首两句下李善注曰:"竹结根于山阿,喻妇人托身于君子也。"① 五臣之一李周翰更进一步指出:"此喻妇人贞洁如竹也。结根太山,谓心托于夫如竹生于泰山之深也,……泰山、众山之尊,夫者妇之所尊,故以喻。"② 可见其比喻的意味是很明显的。"冉冉孤生竹"为诗人寓意之所托,颇能写出乱世动荡中女子无依的柔弱孤苦,并衬出"结根泰山阿"那对坚强归宿的满心期望,从而在两句里将夫妇新婚之抽象情思具体化,成为有形而易感的画面。更值得注意的是,李周翰"此喻妇人贞洁如竹也"的注语,为"竹"注入了新的象征意义,在吟诵玩味之际,使读诗者产生了与《诗经·淇奥》篇里的绿竹全然不同的领会与感受;一是从绿竹的丛生茂密兴发起对君子盛德的赞叹,因而充满了清新和喜悦;一却是孤竹依恋泰山而生的不可救拔的哀苦,在作为"众山之尊"的泰山强势对照下,尤其显出其姿态之孤弱与渺小,并进而在此孤弱渺小之感中提升出一种坚卓贞定的意味,因此不论在"竹"的文学形象或意义内涵方面都有了较之《诗经》截然有别的转变。

《古诗十九首》整体所呈现的艺术风貌是"反复低徊,抑扬不尽"③的,然而就"竹"之意象的塑造而论,从"孤竹结根于山阿"的比喻到"兔丝附女萝"的比喻之间转换喻词过于迅速,并未留下空间发展或扩充前一喻词的形象与内蕴;相反地,在改变比喻内容之

---

① 见(梁)昭明太子萧统撰,(唐)李善等注:《文选》,台北:华正书局,页410。
② 见(梁)昭明太子萧统撰,(唐)李善等注:《增补六臣注文选》,台北:华正书局,页537。
③ 见(清)沈德潜辑:《古诗源》,卷四,台北:台湾中华书局,页7。

后,新的喻词及喻意得到了全诗大幅度的空间以伸展其领域,因而削减了先前短暂出现的原初意象。如"兔丝生有时,夫妇会有宜,千里远结婚,悠悠隔山陂"便大大加强了"与君为新婚,兔丝附女萝"的形象感染力,而"思君令人老,轩车来何迟。伤彼蕙兰花,含英扬光辉。过时而不采,将随秋草萎"六句也一气呵成,吐露"莫待无花空折枝"的期望。因此最先前的孤生竹乃居于一提示性的位置,有待读者反复吟咏始能找回它赋予全诗"贞洁如竹"的象征意味,而"竹"本身也就未能随此象征来发展相应的意象,得到兴完意足的吟咏余裕。这是我们可以注意到的一点。

六朝是诗体不断遭受试验、诗人不断尝试新的手法与新的内容的时代,尤其到了南朝,山水诗、咏物诗等主导了创作方向,外界景物成为诗人注目留连的焦点。"竹"也随着此一发展轨迹,而增加其出现的频率,在齐梁咏物的风潮中,更成为诗人专咏的特定对象之一。以下我们便以整个六朝诗为对象,来检视这个时代诗歌所塑造的竹之意象,及其意象中所呈显的文学心灵。

在六朝诗歌中所出现的"竹"字,有一类是以器物用具之性质入咏的,如"青青林中竹,可做白团扇"(桃叶《答王团扇歌三首》之二)、"织竹能为象,缚荻巧成龙"(梁简文帝《正月八日燃灯应令诗》)、"弹丝命琴瑟,吹竹动笙簧"(江总《宴乐修堂应令诗》);另一类是带有强烈典故性质,字意运用已受特定限制而不能独立就客体物之自身显发其精神者,如:"楚妃歌修竹,汉女奏幽兰。独以闺中笑,岂知城上寒"(范云《登城怨诗》)、"摇落秋为气,凄凉多怨情。啼枯湘水竹,哭坏杞梁城"(庾信《拟咏怀诗二十七首》之十一)、"独酌一樽酒,高咏七哀诗。何言蒿里别,非复竹林期"(江总《在陈旦解酲共哭顾舍人诗》)。显然地,前一类旁入器用,后一类则意义另有专指,暗示别具,可谓已不复在植属的范围,对于本文可置而不论。除此之外,竹所出现之形态又可在形式上分为两种,第一种为零出散见,第二种为专题咏物,而风格是一致的。其中第一类数量颇多,翻阅六朝诗页,可谓触目即是,尤以南朝为然,如:

- 江莲摇弱荇,丹藤绕新竹。物色盈怀抱,方驾娱耳目。
([齐]谢朓《出下馆诗》)
- 北窗凉夏首,幽居多卉木。飞蝶弄晚花,清池映疏竹。
([梁]何逊《答高博士诗》)
- 丹藤绕垂干,绿竹荫清池。舒华匝长阪,好鸟鸣乔枝。
([梁]昭明太子《和武帝游钟山大爱敬寺诗》)
- 游鱼吹水沫,神蔡上荷心。翠竹垂秋采,丹枣映疏砧。
([梁]简文帝《纳凉诗》)
- 逆湍流棹唱,带各聚茄声。野竹交临浦,山桐迥出城。
([梁]庾肩吾《山池应令诗》)
- 叶动花中露,端鸣暗里泉。竹风声若雨,山虫听似蝉。
([梁]刘孝先《草堂寺寻无名法师》)

以上所举十不及一,然已可见竹的角色与作用主要是林园山水景色构设的细节部分,担负着罗列尘世以外幽景清境的功能,因此除了陶渊明多以"桑竹"连称,表现出独家的田园纯朴风味外①,大多表现了如出一辙的意象感受,此由专题咏竹诗之内涵更能窥出全貌;如齐谢朓《咏竹诗》:

> 窗前一丛竹,青翠独言奇。南条交北叶,新笋杂故枝;
> 月光疏已密,风来起复垂。青扈飞不碍,黄口得相窥。
> 但恨从风箨,根株长别离。

梁沈约《咏檐前竹诗》:

> 萌开箨已垂,结叶始成枝。繁荫上蓊茸,促节下离离。
> 风动露滴沥,月照影参差,得生君户牖,不愿夹华池。

梁江洪《和新浦侯斋前竹诗》:

> 本生出高岭,移赏入庭蹊。檀栾拂桂橑,蓊葱傍朱闺。
> 夜条风析析,晓叶露凄凄。箨紫春莺思,筠绿寒蛮啼。
> 不惜凌云茂,遂听群雀栖。愿抽一茎实,试看翔凤来。

在这些诗里,我们看见的主要是丛竹婆娑于月影风露之中,巧状切

---

① 陶诗中出现的竹,分别是《桃花源诗》的"桑竹垂余荫,菽稷随时艺"、《归园田居五首》其四的"井灶有遗处,桑竹残朽株"、《时运》的"花药分列,林竹翳如",其意趣可见。

物,钻貌写形,可以说是前一类零出散见之竹,于相同的园庭背景上,再加以放大或细部摩写,故刻划之迹宛然在目。不过这些咏竹诗虽主要以刻画为务,却也非全然地"兴寄都绝"的,诗人在工笔描摩之外,通常也寄寓了人性化的感知意涵,形成了一套成为"联想公式"的文学传统。如其征用《庄子·秋水》篇中:"夫鹓鶵(按:鸾凤之属),发于南海而飞于北海,非梧桐不止,非练实(按:竹实)不食,非醴泉不饮。"此一典故,赋予竹以仪凤高洁脱俗之质性;加以绿竹凌冬雪而不凋的物性,被拟人化地隐射到个人持身的修德进益上,这就造成了竹比德于君子的典型,竹"化龙招凤"的联想公式是此期竹之意象常见的现象。

我们也可以注意到,这些诗中笔墨之描绘更具技巧,更加刻露精工;同时也使诗的取材更为丰富,能够役使蕴藏在广袤文献中的典故以为表达之资,其中最泛用的就是"化龙招凤"的典实。惟因技巧与典故相陈相因,便造成刘勰所称"为文而造情"[1]的不真实感。先就其诗题之僵化而言,乔亿《剑溪说诗》所谓:"魏、晋以前,先有诗,后有题,为情造文也;宋、齐以后,先有题,后有诗,为文造情也。诗之真伪,并见于此。"[2]则更每况愈下,竟至于"为题造文"了;而就内容之刻画与用典而言,王夫之曾批评道:"征故实,写色泽,广比譬,虽极镂绘之工,皆匠气也。"[3]此即因诗笔不由性情而发,但受时代风从习气之驱使,故所塑造的乃一剪纸式的平板意

---

[1] 见《文心雕龙·情采篇》,(梁)刘勰著,周振甫注:《文心雕龙注释》,台北:里仁书局,页600。
[2] 见郭绍虞辑:《清诗话续编》,台北:木铎出版社,页1103。
[3] 见(清)王夫之《薑斋诗话》,卷下,收入(清)丁福保辑:《清诗话》,页22。

象。而除此之外，可以从诗人本身的创作意图来找到另一个理由。

《文心雕龙·物色》篇称："自近代以来，文贵形似，窥情风景之上，钻貌草木之中……巧言切状，如印之印泥，不加雕削，而曲写毫芥。"便已透露此一创作意图之端倪，亦即六朝诗人专意于外界客体物的客观描摹，欲以诗笔为画笔，务求景物样貌能透过诗章纤毫毕现。然而"对(物体)各部分的描绘不能显出诗的整体"①，物体的显现是出以在空间中各部分并列的方式，而诗的描绘却必然有先后不同的时间顺序，因此德国艺术批评家莱辛指出：

> 诗特别要能产生逼真的幻觉，而用语言来描绘物体，却要破坏这种逼真的幻觉。这种幻觉之所以要遭到破坏，我说是因为物体的同时并存和语言的先后承续发生了冲突；尽管在转化同时并存为先后承续之中，转化整体为部分是容易事，而最后把这些部分还原成整体却非常困难，往往甚至不可能。②

便道出以诗来从事绘画的尝试，其不易令人留下深刻而完整的印象之故；竹之意象形成，自然也就随此潮流而无法达到写照传神的要求了。

初唐文学承六朝余风，率多游燕应酬，情志兴寄缺乏之作，清叶燮《原诗·内篇》便谓："唐初沿其卑靡浮艳之习，句栉字比，非古

---

① 见〔德〕莱辛（Gotthold E. Lessing）著，朱光潜译：《诗与画的界限》，第十七章标题，台北：蒲公英出版社，页90。

② 〔德〕莱辛著，朱光潜译：《诗与画的界限》，页94。

非律,诗之极衰也。"①以对竹之歌咏为例,即可印证初唐与南朝诗风之间一脉相承之轨迹,试观唐太宗《赋得临池竹》诗:

> 贞条障曲砌,翠叶贯寒霜。拂牖分龙影,临时待凤翔。
> (《全唐诗》卷一)

又虞世南《赋得临池竹应制》诗:

> 葱翠梢云质,垂彩映清池。波泛含凤影,流摇防露枝。
> 龙鳞漾嶰谷,凤翅拂涟漪。欲识凌冬性,唯有岁寒知。
> (《全唐诗》卷三六)

以及李峤《竹》诗:

> 高簳楚江濆,婵娟含曙氛。白花摇凤影,青节动龙文。
> 叶扫东南日,枝梢西北云。谁知湘水上,流泪独思君。
> (《全唐诗》卷六十)

此三例不仅在诗题上雷同前代,从命意谋篇到用字度句也率多相似,若将之杂入齐梁诸家之中,实难以识别裁缝针线之迹。故乔亿《剑溪说诗》卷下便断言:"咏物诗,齐、梁及唐初为一格。"②王夫之

---

① 见(清)丁福保辑:《清诗话》,台北:源流出版社,页569。
② 见郭绍虞辑:《清诗话续编》,页1102。

第二章 意象主题(上)

更指出:"李峤称'大手笔',咏物尤其属意之作,裁剪整齐而生意索然,亦匠笔耳。至盛唐以后,始有即物达情之作。"①此期咏竹诗中唯一的例外是由奠定唐诗音律基础之一的宋之问所作,《全唐诗》录其《绿竹引》一首曰:

> 青溪绿潭潭水侧,修竹婵娟同一色。徒生仙实凤不游,老死空山人讵识。妙年秉愿逃俗纷,归卧嵩丘弄白云。含情傲睨慰心目,何可一日无此君。(卷五一)

此诗有乐府民歌晓畅的风格和明朗的笔调,作者投入的感情也颇清新可喜,其中"何可一日无此君"整句袭用晋王徽之语②,其超逸一般潮流的脱俗之处,都是极为引人注意的;唯其情意之表白不失坦露直率,而未能含蕴深厚、绵密悠长,仍未达到意象浑成的表现。

在杜甫手中,竹的生命便与诗人的生命相融相即,化为一体,从诗人笔下的竹可以充分而直接地体悟到诗人的情感与志节。对杜甫而言,竹是反映他真率、坚贞、择善固执之性格与志节的代表,在他五十多岁时,还以好竹、种竹的方式,为他那漂荡的生事所不能折损消磨的坚持做了以下的昭告:

> ● 我生性放诞,雅欲逃自然。嗜酒爱风竹,卜居必林泉。

---

① 见(清)王夫之《薑斋诗话》,卷下,收入丁福保辑:《清诗话》,页22。
② 《晋书·王徽之传》:"尝寄居空宅中,便令种竹,或问其故,徽之但啸咏指竹曰:'何可一日无此君邪!'"台北:鼎文书局,页2103。

(《寄题江外草堂》,广德元年作)

● 居然绾章绂,受性本幽独。平生憩息地,必种数竿竹。

(《客堂》,大历元年作)

● 苔竹素所好,萍蓬无定居。远游长儿子,几地别林庐。

(《将别巫峡赠南卿兄瀼西果园四十亩》,大历三年作)

"嗜酒爱风竹""平生憩息地,必种数竿竹""苔竹素所好"等语句,除了明示其雅爱自然林泉的个人性山林之好外,其实也是对其一生怀抱与志节所提挈的纲领,虽然此数语因为出于"以简驭繁"的纲领式宣示,而不能免于简约、抽象及一般性的倾向,但透过对杜甫其他诗篇的认识和分析,注入此宣示以丰沃腴实的血肉,杜诗中竹之意象所含蕴的深层意义乃是十分值得探寻与抉发的。于《佳人》一诗里,竹便展现了饱满生动的意象:

绝代有佳人,幽居在空谷。自云良家子,零落依草木。
关中昔丧乱,兄弟遭杀戮。官高何足论,不得收骨肉。
世情恶衰歇,万事随转烛。夫婿轻薄儿,新人美如玉。
合昏尚知时,鸳鸯不独宿。但见新人笑,那闻旧人哭。
在山泉水清,出山泉水浊。侍婢卖珠回,牵萝补茅屋。
摘花不插发,采柏动盈掬。天寒翠袖薄,日暮倚修竹。

此诗作于肃宗乾元二年杜甫四十八岁时。从在首联抽象地点出"绝代有佳人,幽居在空谷"之后,几乎全是对此一佳人的平生遭遇、凄凉身世做乐府式的通铺直叙，对其作为"佳人"的丽容美貌，与她在此衰歇困厄之世情尘态中所锻炼显发的品德几乎不着一辞，只在末两联做一暗示性的潜在交待。然此不着痕迹的交待虽然一经着墨便收束合笔，其效果却不仅只称得上画龙点睛而已，更充满含藏欲吐的无限远情，尤其末联"天寒翠袖薄，日暮倚修竹"与首联遥相呼应，为"佳人"之品貌格调做了极为动人的形象化表现。可以说，这位幽居遗世的佳人，其身世之凄凉、品格之贞洁，与乎风姿之纤美，都总地归结于这最末两句的"天寒翠袖薄，日暮倚修竹"上，而由此"两句血脉"集中而形象地一体呈显。

先就其内容呈显中的佳人美感表现部分而言，端赖竹之意象大力的辅助，此联所呈显的佳人之美得到了最高的发挥。洪迈曾评朱庆余《闺意一绝句上张籍水部》一诗，谓之："细味此章，元不谈量女之容貌，而其华艳韶好，体态温柔，风流酝藉，非第一人不足当也。"①说移此篇，同样十分恰当。施鸿保便说：

> 此诗题曰佳人，通篇亦不言其人之美，至结二句云："天寒翠袖薄，日暮倚修竹"，则端庄佳丽，亦非第一人不足当之，觉子建洛神赋，犹词费也。②

此二句以最精省之篇幅涵摄了最生动的意态神采，无怪乎其对《洛

---

① 见(宋)洪迈:《容斋诗话》，卷五，台北：广文书局，页228。此即"洞房昨夜停红烛，待晓堂前拜舅姑。妆罢低声问夫婿，画眉深浅入时无"一诗。
② 见(清)施鸿保:《读杜诗说》，卷七，台北：台湾中华书局，页63。

神赋》生词费之嫌了。其故乃在用字度句的精妙手法之辅助,让修竹之形体美潜在地转移到轻轻倚靠着它沉思的女子身上,佳人之单薄翠袖也渡予修竹翠绿之色度与飘逸之美感,一联中之色彩形容字"翠""修"与"薄"同时兼摄了佳人与竹两个对象,而其安置的错落之妙充分达到互补的效果,字间互相渗透的结果便强化了字质个别的表现力,使整联所产生之意象更充满灵动鲜活的内容。然而,此二句的表现力尚不止此,另一方面,这纤修的翠竹和力单衣薄的柔弱佳人,在天寒日暮——一年里最严酷的季候中(寒)黑暗最临近的时刻(暮)双重交逼下,不仅没有挫馁败降、同流合污的低调,反而加倍表现了沉郁悲凉中无比高洁之自许,在容姿之美的深处,更动人的是其品格之美,因而沈德潜指出：

> 结处只用写景,不更着议论,而清洁贞正意,自隐然言外,诗格最超。①

傅庚生也说:"试读他的《佳人》一篇,无边的幽怨,都深藏汇集在'天寒翠袖薄,日暮倚修竹'两句内,不管它是赋还是比,总在反映着一种闲雅幽静的品格。"②便道出纤纤修竹凌寒而犹自青翠的形象所自然兴发的感受。

自诗的创作技巧而言,此末联之杰出除了用字度句精炼生

---

① 引自(清)杨伦:《杜诗镜铨》引,台北:汉京文化事业公司,页231。
② 傅庚生:《评李杜诗》,收入《中国文学史论文选集》册三,台北:台湾学生书局,页939;另见《杜甫研究论文集》一辑,北京:中华书局,页251。

姿,充分收到交错互补之效外,结构上置之于篇末,以尽在不言中的形象表现,为充满叙事风格之全诗做一总结,也促进其意蕴扩大厚积的原因。两句如一凝定之特写镜头,顿蓄了面前层叠无数之悲感,真所谓"物色尽而情有余者"①。林纾曾云:"文之神妙者,于顿笔之下并不说明,而大意已包笼于一顿之中。"②正可指出此一合笔收束法之杰出效果。另一方面,就诗法中的比兴而言,"天寒翠袖薄,日暮倚修竹"两句若以"兴"的作法来体会之,所得之意味远较用"比"的了解来得浓厚。徐复观先生曾指出:"若就纯粹地兴体说,它必发展到用在一首诗的结尾地方,才算发展完成,才算达到兴在诗的作用中的极致,因而把抒情诗推进到了文艺的巅峰。"③此诗可谓运用了兴的成熟表现形态,从始至终动态地叙述,末而转入静的景象,因此造成欲尽不尽的无限远情,耐人寻味。以图示之如下:

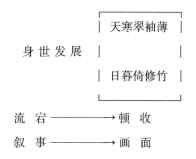

---

① 《文心雕龙·物色》篇,(梁)刘勰著,周振甫注:《文心雕龙注释》,页846。
② 林纾:《春觉楼论文》,引自周振甫:《诗词例话》,台北:学海出版社,1987年,页206。
③ 徐复观:《中国文学论集》,台北:台湾学生书局,1974年,页114。

此简图之内在意涵,也可藉由西方文学批评对美感经验的分析而得到更进一步的显发,乌夫岗·依沙尔(Wolfgang Iser, 1926-2007)在《阅读过程中的被动综合》一文中指出:

> 建立形象(image)的活动是一种多样综合的活动;但它也是连续的活动,因为它相当依赖阅读过程之时间性方面。胡塞尔说:"这是一条普遍的定律:每一所与的呈象都自然地连接于一连续系列的呈象;此系列中的每一呈象都会重现前一呈象之内容,于是,过去之要素总附随于新的呈象。"……结果,通过指涉之不断累积(这就是我们所说的滚雪球效果),所有的形象便在读者之心灵中前后一贯地凝聚起来。[①]

此诗正是以滚雪球的方式将各句所指涉的种种涵意,全部凝聚于整个诗轴的核心上,而在诗人以竹之意象来体现那"雪球"最终最饱满浑厚之状态时,此种种指涉也同时自然地成为它潜在而又显发的内容,故而竹与佳人同具贞正守节之命运与品格,相互映带,不可割离,犹如他们所共秉的外在姿貌一般。因此佳人形象完成的同时,也就是竹之意象的完成。

总上而言,末联由于用字度句的精省错落、结构上以起兴为顿笔,蓄积涵厚,故造成饱满淋漓,呼之欲出的意象。《文心雕龙·定势》篇曰:"情致异区,文变殊术,莫不因情立体,即体成势也。"杜甫以无比的情致,佐以江河入海之体势,使得竹的意象也推上前所未

---

① 收入郑树森编:《现象学与文学批评》,台北:东大图书公司,1984年,页103。

有之巅峰，气韵生动、余情不尽，焕发着修美闲雅之美和幽贞自守之品格。无怪傅庚生要推崇杜甫："笔墨的精炼源于情思的粹美"①了。

与《佳人》篇同在乾元二年所作的《苦竹》诗，则以全诗托物自比，表现了相同之基调。诗云：

青冥亦自守，软弱强扶持。味苦夏虫避，丛卑春鸟疑。
轩墀曾不重，剪伐欲无辞。幸近幽人屋，霜根结在兹。

仇兆鳌注曰："苦竹，嘉君子之避世者。一二表其清操，三四伤其见弃，五六见廊庙非分，七八言林麓堪依。'软弱强扶持'，包许多小心谨畏、坚忍宁耐意。"②吴瞻泰进一步强调："'自守'二字，一篇之骨。虫避鸟疑，于不易守中见守意，苦竹身分愈高。"③黄生则明白指出："此篇喻贞素之人，而己在其中。"④苦卑软弱的苦竹，遭遇虫避鸟疑乃至剪伐的命运，而犹自扶持不屈，于霜雪侵凌中结根不移，固守于风尘流污之中的青冥本色，凡此种种情景，可谓正是空谷佳人遭遇零落凄凉、性格坚忍自守之写照，也正隐隐指出《佳人》诗以竹之意象做结的脉络所在。这整首诗可说是《佳人》一诗的扼要纲领，也可目为"天寒翠袖薄，日暮倚修竹"一联更详尽的扩充性

---

① 傅庚生：《杜诗散绎》，香港：建文书局，1971年，页10。
② （清）仇兆鳌：《杜诗详注》，卷七，台北：汉京文化事业公司，1980年，页613—614。
③ （清）吴瞻泰：《杜诗提要》，卷七，页411—412。
④ （清）黄生：《杜工部诗说》，卷四，页220。

说明,在苦竹命运的形象化表现中,一方面显露了诗人对自我"存在自觉"的意识,一方面却不着一语地将其生命的"伦理抉择"[1]传达于读者,而由于不落言诠反而使此一抉择显得更坚定、更动人。白居易称竹为"篾弃若是,本性犹存"[2],可以说正是杜甫此诗的另一个说明。

此外,杜甫在上元元年所作,以感慨时事、抒发议论为内容主旨的《建都十二韵》中道:

> 牵裾恨不死,漏网辱殊恩。永负汉庭哭,遥怜湘水魂。
> 穷冬客江剑,随事有田园。风断青蒲节,霜埋翠竹根。

也以翠竹之遭霜埋的景象来透显他壮志不伸、抱穷守节的自我形象。吴瞻泰对此便说:"青蒲翠竹,亦比兴语,不徒穷冬之景,实写自己节概,而风断霜埋,则有职其咎者。"[3]可见对杜甫而言,"竹"已然成为表达其自我情志的特定象征,不仅落实于日常生活之中,也透过诗歌传达出来,成为我们认知此一精神主体的主要线索之一。由此出发,杜诗集中常见之竹,如:

> ● 石角钩衣破,藤梢刺眼新。何时占丛竹,头戴小乌巾。

---

[1] "存在自觉"与"伦理抉择"二语借自柯庆明:《文学美综论》,台北:长安出版社,1983年,页22。

[2] (唐)白居易:《养竹记》语,见《白居易集》,卷四三,台北:汉京文化公司,页937。

[3] (清)吴瞻泰:《杜诗提要》,卷十三,页705。

(《奉陪郑驸马韦曲二首》之一)
- 心以当竹实,炯然无外求。血以当醴泉,岂徒比清流。(《凤凰台》)
- 华轩蔼蔼他年到,绵竹亭亭出县高。江上舍前无此物,幸分苍翠拂波涛。(《从韦二明府续处觅绵竹》)
- 我有阴江竹,能令朱夏寒。阴通积水内,高入浮云端。……爱惜已六载,兹晨去千竿。(《营屋》)

皆可见其言必有物,竹语不虚设之处;爱惜之故、寄意之深无一不如在目前。因此在《严郑公宅同咏竹》一诗中,他更衷心地发出以下的呼求:

雨洗娟娟净,风吹细细香。但令无剪伐,会见拂云长。

其中透纸而出的爱惜之意是十分令人动容的。美学分析中曾谓:"对象(意象)只是主体(情感)的对象化。"①换言之,使我们感动的不是客观界据地而生、苍翠上长的"竹",而是诗人以热烈的情感和贞正的性格与之相融交感的"竹之意象"。杜甫一生苦苦怀抱"致君尧舜上,再使风俗淳"(《奉赠韦左丞丈二十二韵》)的大愿,却饥走于战乱,老苦于风尘,生命中刻画的尽是希望的幻灭与生事的艰难。于此种种打击中,杜甫不屈反伸,向上淬励出无比之意志力来扶持羸弱的身躯,并坚持着热烈的理想与贞定的德操而至死不悔。

---

① 朱光潜:《西方美学史》下卷,台北:汉京文化事业公司,页282。

"平生憩息地,必种数竿竹。"在杜甫潜在的自我投射下,"竹"已涵摄了诗人全幅的性情,成为他个人主观生命的代表,它那纤弱不屈、凌冬犹青的本质已深入诗人血脉之中,主客统一地呈现鲜活动人的意象,而具备了透显诗人生命神髓的巨大存在感。"竹"不但是诗人与世界交会时的产物,也是连结了诗人与相隔百代的读者之间的共同符象,透过此一连结而影响了无数具有向上意志的人。

　　白居易的《养竹记》曰:"竹节贞,贞以立志;君子见其节,则思砥砺名行,夷险一致者。夫如是,故君子人多树之为庭实焉。"①以散文对其理有很好的诠释;到了晚唐,竹更频繁为诗人所用,方回曾特别指出晚唐诗歌中竹字出现频率之高的现象:"晚唐诗料,于琴、棋、僧、鹤、茶、酒、竹、石等物,无一篇不犯。"②其普遍性可见。降及宋朝,竹之道德意义更为人所重,苏东坡说:"可使食无肉,不可居无竹。无肉令人瘦,无竹令人俗。"③更遥接王徽之、杜甫等之意念和行径,脉络明显。此外,"胸有成竹"的文与可,因为好道而"朝与竹乎为游,莫与竹乎为朋,饮食乎竹间,偃息乎竹阴",而体会"竹"乃是"追松柏以自偶,窃仁人之所为,此则竹之所以为竹也"④,这些都可以帮助我们了解竹的象征意义。而杜甫能以高度的艺术表现将此一象征诠释出来,是极为可贵的。这也是诗歌意象上值得注意的一点。

---

① (唐)白居易:《养竹记》语,《白居易集》,卷四三,页937。
② 见(元)方回选评,李庆甲集评点校:《瀛奎律髓汇评》,卷四七,韩愈:《广宣上人频见过》条,上海:上海古籍出版社,页1738。
③ 见(宋)苏轼:《於潜僧绿筠轩》诗,孔凡礼点校:《苏轼诗集》,卷九,北京:中华书局,页448。
④ (宋)苏辙:《墨竹赋》记载,见《栾城集》,卷十七,台北:台湾中华书局,页617。

第二节 花之意象——"界限经验"的深层展露

宋《陈辅之诗话》曾指花为诗人发抒或体现情感的最佳物色:"诗家之工,全在体物赋情,情之所属惟色,色之所比惟花。"[①]花之为物,大多以其姿态韶美或香气宜人等条件得到人们的欣赏,当其盛开时又多集中在万物萌生的春天,使得代表希望的春季有了具体可见的形象,更增添一种欣欣之意的直接感受。钟嵘《诗品》曰:"若乃春风春鸟,秋月秋蝉,夏云暑雨,冬月祁寒,斯四时之感诸诗者也。"[②]实则春风春鸟一则从触感、一则从听觉来感受春天气息,若由随处可得的春花从视觉上来引发感动,也许更来得直接而普遍。当然花并不只有在春天开放,在其他时令中亦各有其应时者,只是由于种类和数量有限,常常也就更为珍贵而突出。如此,感诸诗的四时之物中,花也是一个重要的主题,在诗中传达了诗人面对世界或宇宙的种种经验感受,因而是我们研究诗歌意象的一个重点。

意象塑造会随着时代或个人的因素,而有向度上和深度上的不同。在不同向度上固然难以区分高下,但一个诗人若能较他家涵摄更多的向度,并在每一向度中表现出更深入的感发性和艺术性,自然就具有高度的意义和探索的价值,而杜诗中花的意象表现比之于前人,正是如此。其向度之广,使得花展现了各种丰富的面貌,意象动人;其挖掘层面之深,更足以透显杜甫对自我生命的深

---

① 见郭绍虞:《宋诗话辑佚》,北京:中华书局,1987年,页292。
② 见(梁)钟嵘著,杨祖聿注:《诗品校注》,台北:文史哲出版社,1981年,页3。

刻意识,传达更高远的存在感受。为方便讨论起见,本节以杜诗中花之意象论析为先,再回顾六朝诗人对花的处理态度,比较之下杜诗意象的特点就易于彰显。

一

杜诗中的花,常具有人格化的心理和表情,不但能嘲笑、能恼人,能起疑、能无赖,又能挑拨诗人的心情、拒绝诗人的呼唤;诗人对花也充满爱憎混淆、悲喜相杂的种种情思。论析之前我们先将这种种表现作一简单的归类,以使论析更为清楚。第一类的花之意象表现出杜甫对生命时间之有限,和生命中"界限经验"的强烈感受,以及由这个感受中反生出的"及时行乐"的意念和行动。这是贯穿于杜甫大多数花之意象的基调,不但其感受之深度值得抉发,而且蕴含于其中的"及时行乐"的意念和行为,对一生笃守儒业的杜甫是十分特别的现象,尤其值得探讨。第二类是第一类以外的意象表现,虽然数量较少,但所表现出的高度感发性也甚为可观,于探讨杜诗花之意象时并不可遗漏。下面便从第一类的论析开始。

第一类诗中以《曲江二首》《可惜》和《江畔寻花七绝句》等最具代表性,是经过完整处理过的诗例,包含了所有杜甫对花的感应方式。先看诗例,《江畔独步寻花七绝句》云:

> 江上被花恼不彻,无处告诉只颠狂。走觅南邻爱酒伴,经旬出饮独空床。(其一)
>
> 稠花乱蕊裹江滨,行步欹危实怕春。诗酒尚堪驱使在,未

须料理白头人。(其二)

　　江深竹静两三家,多事红花映白花。报答春光知有处,应须美酒送生涯。(其三)

　　东望少城花满烟,百花高楼更可怜。谁能载酒开金盏,唤取佳人舞绣筵。(其四)

　　黄师塔前江水东,春光懒困倚微风。桃花一簇开无主,可爱深红爱浅红。(其五)

　　黄四娘家花满蹊,千朵万朵压枝低。留连戏蝶时时舞,自在娇莺恰恰啼。(其六)

　　不是爱花即欲死,只恐花尽老相催。繁枝容易纷纷落,嫩蕊商量细细开。(其七)

首章劈句便说被花恼①,诗意已奇,而恼至颠狂的地步,又令人惊讶;至第二章读者方知花的烂熳盛开才是惹恼年老力衰的诗人的原因。第三章言花开为多事,正是呼应首章的恼花心理;四、五、六章以清奇之笔写春光景态,意味隽永,形象鲜明,如"春光懒困倚微风"着一"倚"字,其慵懒之状仿佛可见,而微风竟可为倚靠的对象,其轻柔之意态如画;"千朵万朵压枝低"中着一"压"字、一"低"字,使千万朵花的数量更加可感,因为数量是抽象的,难以具体掌握,而轻巧如花者竟能造成压力,使枝条低垂沉坠,其繁盛浓密就十分鲜明具体,这些都是"状难写之情如在目前"的表现。末章明

---

① 张相云:"恼,犹撩也。"则为撩拨之意。张相:《诗词曲语辞汇释》,台北:台湾中华书局,1985年4月,卷5,页576。

白道出恼花怕春之故,实基于爱花之深切,正应了诗名的"寻花"之举;而爱花之深切并不只是单纯地对美好事物的欣赏而已,更重要的原因是对自己生命的光阴即将伴随花之凋尽而消逝所产生的恐惧。"不是爱花即欲死,只恐花尽老相催",杜甫从花开的短暂中看到生命趋向于衰老灭亡的规律,这个规律带给已值暮年的诗人无比的威胁,而这规律又是必然而不能超越的,于是只有努力把握春花短暂的开放,才能抵住光阴的催迫,因此最后才要和花朵"商量细开,不欲其一往而尽也"①,以留住花开的光景,来减缓自己生命时间流逝的速度,这种心理表现于外的就是爱花惜花之举。《九日蓝田崔氏庄》亦曰:

> 明年此会知谁健? 醉把茱萸仔细看。

醉中仍要仔细看花,以免对美好的生命有所遗漏,这和"嫩蕊商量细细开"的心理是一致的。

然而若无春花绽放,诗人便不会如此强烈地感受到那一种支配着万有的残酷规律,因此才称其为"多事";而其对着年老力衰的诗人犹且如此不知节制地盛开,花若有心,其心便令人可恼,因此杜甫在其他诗中便直指春色春花为"无赖",这尤能体现其恼憎之意。此词出现者凡三处,分别是:

- 韦曲花无赖,家家恼杀人。(《奉陪郑驸马韦曲二首》之一)

---

① (明)钟惺语,见(清)仇兆鳌:《杜诗详注》,卷十,页819。

- 眼见客愁愁不醒,无赖春色到江亭。(《绝句漫兴九首》之一)
- 剑南春色还无赖,触忤愁人到酒边。(《送路六侍御入朝》)

《汉书·高帝纪》晋灼注"无赖"云:"江淮之间,谓小儿多诈狡狯为亡赖。"①这种对花的形容是前所未有的②,常人所赏爱的繁花春色竟能有蛮横狡诈的性格或机心,霸占大块风景挥洒青春而毫不体恤诗人心意,用词大胆突出,不但使花的意象注入了新的生命,表现出细腻的新眼光和活泼的感受力,也可以反衬出杜甫面对缤纷春色的无力感有多么强烈了。因此,除了恼憎之外,当花新开方盛时,对照于自己的年衰齿暮,杜甫又感到羞愧:

- 即今蓬鬓改,但愧菊花开。(《九日五首》之二)
- 苦遭白发不相放,羞见黄花无数新。(《九日》)

而花也似懂得拒绝白首诗人的召引:

宿鸟行犹去,丛花笑不来。人人伤白首,处处接金杯。(《发白马潭》)

---

① 见(东汉)班固:《汉书》,卷一,台北:鼎文书局,页66。
② 后李商隐亦袭用此法,《二月二日》诗曰:"花须柳眼各无赖,紫蝶黄蜂俱有情。"见(清)冯浩:《玉溪生诗集笺注》,台北:里仁书局,页515。

这里或恼或憎,或羞愧或伤感,都基于一种悲老的情境;而悲老之情是与生命"存有时间"的意识和"界限经验"感受密切相关的,下面我们将会进一步阐发。

这里我们也可以注意到,七绝句中有四首是与"酒"结合的,而其他诗句中也多有此种现象,诸如:

- 一片花飞减却春,风飘万点正愁人。且看欲尽花经眼,莫厌伤多酒入唇。江上小堂巢翡翠,苑边高冢卧麒麟。细推物理须行乐,何用浮名绊此身。(《曲江二首》之一)
- 花飞有底急,老去愿春迟。可惜欢娱地,都非少壮时。宽心应是酒,遣兴莫过诗。此意陶潜解,吾生后汝期。(《可惜》)

不但诗中之花都与酒孪生并存,《可惜》诗中"老去愿春迟"的希望正与《江畔独步寻花七绝句》的留春之意相符,叹老惜少的心理也十分一致。《曲江二首》中更因为花飞春去而推悟出万物终归于消毁的"物理",从而感到无比的感伤。各诗之出发点虽有个人及一般事物的差别,但两者都根源于同一种对"存有时间"之消逝的感慨,且都以酒作为解消此一感慨的媒介。在探讨杜甫为何以酒来消解这种感慨之前,我们应该先深入剖析杜甫对花所产生的"存有时间"及"界限经验"的意义,才能使他所塑造的花之意象有深刻的呈显。

就花作为具体展现时间和界限经验的品物而言,可以说是了解杜甫与宇宙关系的场域和关键。首先就时间来说,"时间和空间同为人类用以体认自身与这世界的关系之最根源的范畴,它们同时是人类存在或生命的原始意识,与切身利害牢不可分。"[1]人处在时间之中,必然会意识到事物在时间中不断地变易,这种变易是生成亦复是消逝的;更精细地区分下,时间可以有四种特性:消逝性、创新性、连续性和累积性[2]。就花而言,它一方面是自然界中具有丽容美姿的精华物之一,一方面却又是除了朝生暮死的蜉蝣外,最易表现出生命循环之短暂的存在物,主要展现的是时间消逝的性质;它短暂地开放,因此没有连续性和累积性可言,而且虽然年年开放,却花容依旧,本身谈不上"创新",若有新意也是由观照者所赋予;唯有时间的流逝性,是可以从花的生发到萎落的过程中具体而清晰地体现出来的。这就是一种生命的共相,最能使人获致一种"生命的共感"[3]。虽然大化生命在宏观的角度下,能显示出一种循环不息的生生之意,但就一个独有的个别生命而言,却是一往不复、逝而不返的。杜甫之观花,所谓"辛夷始花亦已落,况我与子非壮年"(《逼侧行赠毕四曜》),就是从个别生命角度出发的。

明了了杜甫对"花"与"时间"的关联后,我们就能了解杜甫何以如此恼花怕春,甚至于敏感到"一片花飞减却春,风飘万点正愁人"的地步了,所谓:"花飞则春残,谁不知之? 不知飞一片而春便

---

[1] 见王建元:《中国山水诗的空间经验时间化》,收入王建元:《现象诠释学与中西雄浑观》,台北:东大图书公司,1988年,页136。
[2] 这四个特性是由沈清松归纳方东美《生命情调与美感》一文所得,见沈清松:《解除世界魔咒》,台北:时报文化公司,1984年,页125。
[3] 此引语借自叶嘉莹:《几首咏花的诗和一些有关诗歌的话》,收入《迦陵谈诗》,页291。

减。"①而既然有一片花飞,很快地便到了"风飘万点正愁人"的时候,这是一种对花所展示的时间之消逝性所能有的最致密的眼光。

但何以杜甫会如此计较于时间的消逝,而很少由花触及生命美好的一面呢？前面提到的从花所获致的"生命的共感"只是一个初步解释,真正决定杜甫选择这个观花角度的因素,是诗人从花的消逝性中真切地面对占据自己大半生命的"界限经验"感受。

人生历程中会面临到各种不同的经验和情境,在这些经验和情境中有些特别会震撼我们,使我们脱离日常的平庸,而进入真实的存在感受中,这些经验包括存在心理学家马斯洛(Abraham H. Maslow, 1908～1970)提出的高峰经验(peak experience),如成功得意的经验;和雅斯贝尔斯(Karl T. Jaspers, 1883～1969)所谓的界限经验(boundary experience),如生病、罪恶、死亡等,这两种经验构成了生命感受的两个极端②。对杜甫而言,成功得意的高峰经验是他一生绝少有到的,杨伦曾总括其一生云:"计公生平,惟为拾遗侍从半载,安居草堂仅及年余,此外皆饥饿穷山,流离道路。"③但即使任拾遗时,他也是谏言不达,徒怀志业而抑郁难伸,遑论其他流离饥饿的时候。而界限经验如疾病、失败、年老凋零却几乎伴随杜甫大半生涯④,这就常使他"感受到自己在生理上、心理上和道德上无

---

① (明)王嗣奭著,曹树铭增校:《杜臆增校》,台北:艺文印书馆,页96。
② 参考沈清松:《解除世界魔咒》,页157。
③ 见(清)杨伦:《杜诗镜铨》序,页8。
④ 杜甫曾于《进封西岳赋表》自陈"少小多病",三十岁作客临邑时,即有诗曰"吾衰同泛梗"(《临邑舍弟书至苦雨》),又自三十五六岁开始疾病缠绵,直至身亡。有关杜甫的疾病,可参考朴人:《杜甫的病》,《自由谈》二十二卷三期。

能为力,感受生命之无可奈何,顿觉此生茫然"。①这种在界限经验中所产生的无能为力、无可奈何的有限感,恰好可与"花"韶好而短暂的生命表现两相浃化:花好时,杜甫无力阻止其盛开,以免更衬出自己的衰老无成,故称其恼人,谓之无赖,又一方面感到羞愧;花飞时,杜甫一样不能阻止其消逝,故又只能"只恐花尽老相催"了。这从以上所引各章多以"白发""衰老"为背景,即可明白此种"界限经验"投射的状况。

此外在《三绝句》诗中,花又表现出杜甫另一种界限经验的无力感:

> 楸树馨香倚钓矶,斩新花蕊未应飞。不如醉里风吹尽,可忍醒时雨打稀!(其一)

仇兆鳌评曰:"一见花开,旋忧花落,有《庄子》方生方死意。"②其实不止如此,花的自然凋零已足以令人体悟"方生方死"的匆促,若当花方生方盛时竟又横遭外力摧残,则就更加可哀。诗中即表现出杜甫不忍亲见崭新馨香的花蕊被雨打残,宁可它们在自己醉中无知的状态里为风吹尽,以图逃避那种无以抵挡的无能为力感,抹灭他从楸花中所引发的生命存在状况的清醒意识。因为唯有清醒地面对,才会感受痛切;为了不再增加自己已然十分沉重的负荷,便只有避免清醒,这时酒便成了沉入醉乡的一条途径。

---

① 参考沈清松:《解除世界魔咒》,页157。
② 见(清)仇兆鳌:《杜诗详注》,卷十一,页896。

杜甫诗中的花泰半结合了酒,如前面所引《江畔独步寻花七绝句》《可惜》《曲江二首》《奉陪郑驸马韦曲二首》《九日》《三绝句》《绝句漫兴九首》《九日五首》及《逼侧行赠毕四曜》等皆是如此。对杜甫而言,"酒"是消解他心中一切愁闷的安慰,所谓"绿樽须尽日,白发好禁春"(《奉陪郑驸马韦曲二首》之一)、"自知白发非春事,且尽芳樽恋物华"(《曲江陪郑八丈南史饮》)、"浊醪谁造汝,一酌散千愁"(《落日》)、"浊醪有妙理,庶用慰沉浮"(《晦日寻崔戢李封》)、"客居愧迁次,春酒渐多添"(《入宅三首》其一)、"岂无成都酒,忧国只细倾"(《八哀诗·赠严武》),其中白发衰老、客居旅次、陆沉下僚和忧国伤时等悲郁无奈都藉由酒而得到抚平,所谓浊醪之"妙理"即在于此,这就是为什么终身穷老潦倒的杜甫要多添春酒,尽日倾樽了。

既然杜甫对时间的消逝如此敏感,对花这种美好的事物又如此赏爱,而花却是时间匆匆消逝的具现物,这种矛盾的组合便使杜甫对花之际,经常以酒为伴。所谓"且看欲尽花经眼,莫厌伤多酒入唇",着一"看"字,显示出杜甫是自觉地面对花欲尽的风景,并感受到"存在于它背后的某种东西"[①];那种东西就是现象背后所展露的事物消逝的本质,一如前文所论;只不过把握住这个本质的杜甫,也和一般人一样没有解决之道,反而因为观察愈深而感受愈痛,以酒来宽解时,便不厌伤多了。这从表面上看来似乎是及时行乐或逃避现实之举,其实不然。所谓"细推物理须行乐"已表示人

---

① 〔日〕吉川幸次郎著,孙昌武译:《杜甫的诗论与诗——在京都大学文学部的最后一课》,收入萧涤非主编:《唐代文学论丛》总第七辑,页68。

既然不能自外于这笼罩万有的"物理",便只有试加减缓一途,杜甫单单以酒为宽解之法,其中悲慨实多于欢快,行乐纵欲的意味是稀微几无的;真正的核心,反倒是一种出于正视现实,而又无可奈何的深沉悲哀。这里的"正视现实"与前面所说"不如醉里风吹尽"的心理是不相违背的,因为那只是一个愿望,是他正视到"雨打稀"的现实才产生的。吉川幸次郎也曾说:"没入醉乡、背离现实,是他做不到的。"①酒正是帮助他正视现实的东西,而不是逃避现实的借口;酒使他更有勇气面对一切无可抗拒的命运,且在酒的纾解下,一次又一次地正面承担沉重的悲苦,这才是杜甫对花饮酒的根本态度。只是在这种正视现实,又观察深微的两项特质下,观花之际若无酒以供排遣,其悲哀将更加难堪,因此杜甫甚至对花宣示道:"竹叶于人既无分,菊花从此不须开。"(《九日五首》之一)索性以"不须开"来根本解决爱花又怕花的矛盾,和无酒以宽解此一矛盾的苦处。从这里我们也可以看到杜甫内心之曲折与深邃的程度。

讨论过第一类花之意象后,接着我们要看第二类的意象表现。

这一类意象中也是悲慨多于愉悦的。《登楼》诗曰:"花近高楼伤客心,万方多难此登临。"因为花开得太近登临的高楼,反令忧于万方多难的诗人感到伤心;在《春望》一诗里的"感时花溅泪,恨别鸟惊心",则因为家亡国破而使万物触目可伤,吴齐贤谓曰:"因其

---

① 见〔日〕吉川幸次郎:《杜甫与饮酒》,吉川幸次郎:《杜诗论集》,东京:筑摩丛书,页215—216。

感时,故看花亦为溅泪。"①这和《登牛头山亭子》一诗所说的"兵革身将老,关河信不通。犹残数行泪,忍对百花丛"都显示出一种极端反衬的效果。对花而忍泪、溅泪,其哀痛可知;而花竟能令人伤心,则语奇意悲,又添曲折。如此伤心溅泪的花在杜甫以前的诗歌里是未曾一见的,这在下文作比较时将可以看到。此外,我们再看两首将花拟人化处理后,诗人所展现的生动意象。《院中晚晴怀西郭茅舍》一诗曰:

> 幕府秋风日夜清,澹云疏雨过高城。叶心朱实看时落,阶面青苔老更生。
> 复有楼台衔暮景,不劳钟鼓报新晴。浣花溪里花饶笑,肯信吾兼吏隐名。

仇兆鳌评末联曰:"溪菊正开,若笑人劳攘者,彼亦肯信我吏隐之志否耶。"②卢世㴶则有更翔实的说明:"此诗举束缚蹉跎,无可奈何意,一痕不露,只轻轻结语云:'浣花溪里花饶笑,肯信吾兼吏隐名。'既悲老趋幕府,为溪花所笑,将欲驾言吏隐,又恐为溪花所疑。几多心事,俱听命于花,深乎深乎!"③末联出句着一"饶"字,花之笑意盈然可见,其不信杜甫吏隐之志也更加可以断定。这样的花不但有生命、有知觉,还有丰富的表情,和理解世情、洞悉人性的智

---

① 见(清)吴见思:《杜诗论文》,台北:台湾大通书局,1974年,页375。
② 引自(清)仇兆鳌:《杜诗详注》,卷十四,页1172。
③ 引自(清)仇兆鳌:《杜诗详注》,卷十四,页1172。

慧,是"拟人化"的手法中最高度的表现;而经过"花饶笑"的一层转折,杜甫内心的感慨也就更耐人咀嚼了。

"花"也难得地在杜甫沉郁的诗作中展露全然欢娱、不染丝毫忧思的状貌。黄生曰:"杜诗强半言愁,其言喜者,惟寄弟数首及此作(按:指《闻官军收河南河北》诗)而已。"①在少数言喜的寄弟诗作里,如《舍弟观赴蓝田取妻子到江陵喜寄三首》中,花成为杜甫喜跃得无以自处,因而强拉来同欢共笑的对象:

> 欢剧提携如意舞,喜多行坐白头吟。巡檐索共梅花笑,冷蕊疏枝半不禁。(其二)

仇兆鳌引卢世㴶曰:"欢剧喜多,尚与弟相隔许程,于是步绕檐楹,索梅花共笑。此时梅花半开,即冷蕊疏枝,亦若笑不能禁矣。说得无情有情,极迂极切。"②黄生亦云:"觉春色忽从天降,此时起舞行吟,忻喜之至,无可告语,只索对花而笑,觉冷蕊疏枝亦解人意,不禁唇绽而颊动矣。"③杜甫的欢喜是要用"剧"字才能表达的,而虽然以起舞行吟来抒发那一片欢剧喜多之情,却仍感到意有未尽,急需再找一个伙伴来分享满溢的快乐,于是檐边犯寒而开的疏落梅花也被诗人索来共笑;以"半不禁"形容梅花笑态,不但唇绽颊动之貌如在目前,且复似因笑颤落花蕊,才导致枝桠稀疏,使整

---

① 见(清)黄生:《杜工部诗说》,卷九,页529。
② (清)仇兆鳌:《杜诗详注》,卷二十一,页1842。
③ 见(清)黄生:《杜工部诗说》,卷九,页551。

株梅树也有了活泼如人的生命气息,这是情感与技巧充分发挥所造成的生动意象。

这种"花饶笑""笑不禁"的花不但在杜甫诗集中只此两例,在他家的花之意象表现也绝少企及。南朝诗人中,梁费昶《芳树》中有句曰:"枝低疑欲舞,花开似含笑。"隋炀帝杨广《幸江都作诗》亦曾云:"鸟声争劝酒,梅花笑杀人。"①都以拟人化手法摹写花之容态,颇有新意,不过就意象表现而言,情感和技巧仍显得较为浅率,无法像杜甫般透显全幅生命的欢喜和悲慨。于此,我们要回顾杜甫之前诗歌中花的意象,看看前人面对花时心灵向度和观照态度究竟如何,以作为比较基础。

二

首先我们应说明,对时间消逝的感受在杜甫前已有一段很长的传统,如《古诗十九首》曰:"浩浩阴阳移,年命如朝露。……不如饮美酒,被服纨与素。"(其十三)以及:"昼短苦夜长,何不秉烛游。为乐当及时,何能待来兹。"(其十五)②不但早有对年命短暂的强烈悲感,并且也以饮酒来作为解消此一忧思的方法,曹操《短歌行》则有更直接的宣示:"对酒当歌,人生几何。譬如朝露,去日苦多。慨当以慷,忧思难忘,何以解忧,唯有杜康。"③这里所谓的忧思也是有感于"去日苦多"的时间消逝感而发的。当杜甫欲消解种种"界

---

① 两诗见逯钦立辑校:《先秦汉魏晋南北朝诗》,册下,台北:木铎出版社,页2081、页2673。
② 两诗见逯钦立辑校:《先秦汉魏晋南北朝诗》,册上,页332、页333。
③ 见逯钦立辑校:《先秦汉魏晋南北朝诗》,页349。

限经验"的无力感时，便自然承继此一传统，以酒为消忧的途径了。

只是我们可以注意到这种时间感都不是对花而生，也未曾将个人年命的迫促融入花的生命体现出来。这是一个极重要的现象，若配合杜甫以前花的意象表现以观之，此一现象就更为清楚完整。

先看《诗经·国风·周南》的《桃夭》篇："桃之夭夭，灼灼其华。之子于归，宜其室家。"写的是鲜明灿烂的桃花，洋溢一片于归贺嫁的欣喜，意象欢乐而饱满。再观《古诗十九首》第八首曰："伤彼蕙兰花，含英扬光辉。过时而不采，将随秋草萎。"①其中显示的是一种自然的规律，以及配合此一规律的心态。重点在以花借喻，期许对方珍惜如花一般"含英扬光辉"的美人，而不是对光阴消逝的感叹。降及六朝，花的意象出现频率大增，描写手法更为新颖雕琢，方向上却没有太大的转变。

六朝诗作中出现的花，整体说来是愉悦的、平和的。当花开放时，固然因为色泽样态的美好而为诗人所歌咏，如南朝不少的咏花诗内容便多是如此。而当花落时，也被当作是一种自然而然的现象，就跟庭中径旁的花开一样，都是生活中周遭环境的一部分，也是被人们同等地接收的一般对象。诗人注视它们时是站在一个客观玩赏的距离外，捕捉的是其飞扬飘落的美感，并不选择残容败貌的一面来描绘，也极少投射那份宇宙生命的共感，使之成为与个人种种"界限经验"相融相即的有情存在。这类诗例极夥，我们取数首以为代表，即可看出：

---

① 见逯钦立辑校：《先秦汉魏晋南北朝诗》，页331。

- 岫远云烟绵,谷屈泉靡迤。风起花四散,露浓条旖旎。
([宋]鲍照《春羁》)
- 远树暧阡阡,生烟纷漠漠。鱼戏新荷动,鸟散余花落。
([齐]谢朓《游东田》)
- 振衣喜初霁,褰裳对晚晴。落花犹未卷,时鸟故余声。
([梁]何逊《春暮喜晴》)
- 参差依网日,澹荡入帘风。落花还绕树,轻飞去隐空。
([梁]纪少瑜《春日诗》)
- 冷风杂细雨,垂云助麦凉。竹水俱葱翠,花蝶两飞翔。
([梁]简文帝《和湘东王首夏》)
- 落花承舞席,春衫拭酒杯。行厨半路待,载妓一双回。
([北周]庾信《咏画屏风诗》)
- 春望上春台,春窗四面开。落花何假拂,风吹会并来。
([北周]庾信《咏画屏风诗》)①

此外梁萧子范亦有专咏落花的《落花诗》②,也都和这些诗例一样表现出同一类的面貌:这些落花有着轻盈飞动的优美姿态,而与轻风鸟蝶同是大自然骀荡的景致;当其散落时,又能飘入衣席、点缀陈

---

① 以上七例见逯钦立辑校:《先秦汉魏晋南北朝诗》,分见页 1304、页 1425、页 1698、页 1779、页 1946、页 2397、页 2046。
② 见逯钦立辑校:《先秦汉魏晋南北朝诗》,页 1897。诗曰:"绿叶生半长,繁英早自香。因风乱胡蝶,未落隐鹂黄。飞来入斗帐,吹去上牙床。非是迎冬质,宁可值秋霜。"

设,使游宴休憩的人物更加出色。在这种把落花纳入为美感观照之对象的背景上,"折花"也就普遍成为一种文人雅士的风雅行径。这种风雅一者表现在个人行为或宾主友朋的接待之间,如刘孝威《咏剪彩花诗二首》之二所言:"假令春色度,经着手中开。"和庾信《杏花》诗所说:"好折待宾客,金盘衬红琼。"①另一者则特别表现为与美人映衬的比配,所谓"花与面相宜"(梁简文帝萧纲《和林下妓应令诗》)②,用花朵以辉映美人鲜丽生香之玉颊红粉者更为其中之大宗,诸如梁简文帝萧纲《咏内人昼眠诗》的"梦笑开娇靥,眠鬟压落花"、庾肩吾《南苑看人还诗》的"春花竞玉颜,俱折复俱攀"、鲍泉《咏蔷薇诗》的"佳丽新妆罢,含笑折芳丛",以及梁元帝萧绎《看摘蔷薇诗》的"墙高攀不及,花新摘未舒。莫疑插鬓少,分人犹有余"③,在在都以折花来发挥点缀的功能,或衬金盘,或插发鬓,皆被视为一种撷取"美"、转移"美"、衬托"美"的优雅举动,其中绝少有对花的生命历程遭受到斲丧的觉识,自然也就难以产生花与我同具的生命共感,因而甚至可以出现"残花足解愁"(庾信《秋日诗》)之说。甚至直到盛唐的李白,根据青山宏(Aoyama Hiroshi, 1931～)的说法,对于落花的感觉同样没有太大的哀愁,反而有欢喜的倾向。④

---

① 见逯钦立辑校:《先秦汉魏晋南北朝诗》,页1884、页2399。
② 见逯钦立辑校:《先秦汉魏晋南北朝诗》,页1954。
③ 以上四段引诗,见逯钦立辑校:《先秦汉魏晋南北朝诗》,页1941、页1995、页2028、页2047。
④ 〔日〕青山宏:《中国诗歌中的落花与伤惜春》,《汉学研究》(日本大学)13、14号,1975年11月,页206—207。转引自郑振伟:《李白诗作的夏季描述》,《汉唐文学与文化研究》(上海:学林出版社,2004年2月),页220。

当然,诗人面对花落时也并非完全没有感慨,然有此寄喻者甚少,而于那些罕例中感慨较深的,如梁元帝萧绎的《春日诗》所表现者:

> 春意春已繁,春人春不见。不见怀春人,徒望春光新。……春人竟何在?空爽上春期。独念春花落,还以惜春时。①

全诗基调在于怀人,末联由春花之落而惜春时已过,惋惜的重点实不是花落本身,而是以往美好经验的不能再现;落花代表的是与人共赏春趣之期待的落空,物我是相间的,并没有蕴含对生命流变不能自主的根本恐惧。另梁简文帝《伤美人诗》以花落伤美人的逝去不回,仍以花与美人比配:"香烧日有歇,花落无还时。"②意味类似。至于隋辛德源的《浮游花》则由落花触及时间流逝的一面:

> 窗中斜日照,池上落花浮。若畏春风晚,当思秉烛游。③

从花落春晚中兴起把握时间、秉烛夜游之思,但其语调和感受是平和的、中庸的,决不像杜甫"只恐花尽老相催"和"一片花飞减却春"所表现的激烈极端,也无损于落花作为欣赏对象的意味,这与杜甫

---

① 见逯钦立辑校:《先秦汉魏晋南北朝诗》,页2045。
② 见逯钦立辑校:《先秦汉魏晋南北朝诗》,页1941。
③ 见逯钦立辑校:《先秦汉魏晋南北朝诗》,页2650。

是很有差异的。

　　将前引各诗所展现的花意象合并观之,可以看出南朝诗人对花的开落大体上都是持一贯的玩赏心态,花之凋落就如同花之开放一样,是自然而然的大化现象,也都具有可欣赏的情趣。尤其落花能表现出另一种飞飘枝外的美感,可见花的整个生命历程和不同面貌,都被当作美好的对象来处理,诗人避免注意到残花败容的一面,也避免从中引发不愉悦的情绪。就这点而言,也显示了南朝诗人与花之关系,和此关系中所牵涉到的精神过程和经验层次都较为特定和单一,较之杜甫所展现的多面、复杂而深刻的体悟与感受,便有显著的差异,这也可以看出创作者本身生命力量的强弱与心灵向度的多面性是影响诗歌意象塑造的一大因素。而心灵对世界探索的向度和深度是可以不断开发而日渐丰富的,从南朝到杜甫对花之意象的塑造上便可看出这种扩充和深化的轨迹。至于此后落花与伤春的结合盛行于中晚唐,并成为宋词特征之一①,从诗史之发展脉络追踪蹑迹,实不能不归源于杜甫。

第三节　月之意象——心灵状态与生命情境的形象表达

一

　　月是自然界中,与人之现实距离最远、心灵距离却十分接近的存在物,为中国文学中经常出现的一个意象主题。诗歌史上最早

---

① 〔日〕青山宏:《中国诗歌中的落花与伤春惜春的关系》,王水照等编:《日本学者中国词学论文集》,上海:上海古籍出版社,1991年。

出现月之意象的是《诗经》,《陈风·月出》篇曰:

月出皎兮,佼人僚兮。舒窈纠兮,劳心悄兮。……
月出照兮,佼人燎兮。舒忧绍兮,劳心慘兮。

朱熹注云:"此亦男女相悦而相念之辞。言月出则皎然矣,佼人则僚然矣,安得见之而舒窈纠之情乎?是以为之劳心而悄然也。"①这是诗歌中"对月怀人"之意象运用的最早表现。月之皓白兴发比照了被思念者之姣美,接着才引发"爱而不见"的劳心之感,其间由此物兴彼人,再转入心情之叙写,都循着一条思致显著的线索而转折。不过月虽然最终引发诗人忧悄之心事,其主要作用却在于彰显佼人的美感,本身依然保持着原初美好、亮洁的样态,并不曾沾染望月者丝毫窈纠之情;月也就成为独立于人事之外,与人维持着和谐、有距离的客观存在,其意象表现反映的是初民纯朴的眼光。

其后《古诗十九首》第七首的"明月皎夜光,促织鸣东壁,玉衡指孟冬,众星何历历"和第十九首的"明月何皎皎,照我罗床纬。忧愁不能寐,揽衣起徘徊"②也是以明亮的月光为背景,来兴发同门背弃之慨,或盼望良人早归的愁思。我们注意到,这里的"月"字都与"明"字连接,构成"明月"一词,而在其后魏晋诗歌中出现月之意象时,"明月"也几乎成为一个主要的专有名词,成为月的意象表现上一个特定的用法。这种例子很多,可举数诗为证:

---

① 见(宋)朱熹:《诗集传》,卷七,页325。
② 分见逯钦立辑校:《先秦汉魏晋南北朝诗》,页330、页334。

第二章　意象主题(上)　　65

- 丹霞夹明月,华星出云间。([魏]曹丕《芙蓉池作诗》)
- 明月照高楼,流光正徘徊。上有愁思妇,悲叹有余哀。([魏]曹植《七哀诗》)
- 皎皎明月光,灼灼朝日晖。昔为春蚕丝,今为秋女衣。([晋]傅玄《明月篇》)
- 清露坠素辉,明月一何朗。抚枕不能寐,振衣独长想。([晋]陆机《赴洛道中作诗》)
- 柔条旦夕劲,绿叶日夜黄。明月出云崖,㬤㬤流素光。([晋]左思《杂诗》)①

在这些诗中,与月结合的感怀有很多样的内容,如曹丕诗是因感于人寿有限而乘辇夜游,玩赏景致所作;曹植诗是以思妇自比,有逐臣之哀;傅玄诗是写一惧于年衰颜老之女子的拟作;陆机诗则是成于被迫远离故乡之途中,有身不由己之悲慨;左思诗则是在岁暮之时,有感于光阴匆迫,而自己仍高志不偿的流露;加上《古诗十九首》中明月所结合的思妇之愁和同门背弃之慨,可见古人于静夜对月之时所引发的感受十分复杂多样,而且大多偏于悲哀愁苦的一面。不过这么复杂多样的情志却都由单一的"明月"一词来引发,除了这种天空上悬着的明朗的月与其素光、流光之外,很少有其他的修饰和形容,故而月所在的地点和形态等也都难有精细的

---

① 见逯钦立辑校:《先秦汉魏晋南北朝诗》,五首分见页400、页459、页559、页684、页735。

掌握；而且，这样的"明月"虽然对应了黑夜中不寐之诗人的种种愁思，其本身却仍是单纯的、明亮的存在物，诗人以之入诗，主要似乎是因为它的明亮在黑夜中最易引人注意，便自然而然成为抒发愁思的背景之一，触目拾来，便撷取到最明显的"明亮"的这一属性，而很少有其他方面的深入描绘，这和"明月"一词的公式化正是一体的两面。其中除了曹植的"流光正徘徊"是在月光的流射中投入了思妇徘徊的心情和举止，使月光具有拟人化的生动效果外，就整体说来，月本身的意象是单一的、被动的，诗人并未主动以个人情志介入月的各种面相中，使月具有更丰富、更能动的意象表达。这是一个重要的现象。

到了南朝，除了明月此一语词仍常出现外，月的形态和各种修饰语更大大增加起来，充满繁复新警、清奇特出的意象；这些带着修饰连词的月，不但有形状、样态的表示，也有明指时间、季节、地点的连词出现，如：初月、晓月、落月、斜月、夕月、曙月、新月、圆月、流月、中月、高月、残月、蛾眉月、波中月、水月、江月、海月、孤月、春月、秋月、季月、陇月、树里月等，直接在诗句中传达多样而精细的感受。此外，还有能感觉出温度的月，如：

> 璧门凉月举，珠殿秋风回。（[齐]王融《游仙诗五首》之三）①

甚至有能行动的月，如：

---

① 见逯钦立辑校：《先秦汉魏晋南北朝诗》，页1398。

- 流风乘轩卷,明月缘河飞。([宋]谢庄《山夜忧》)
- 广岸屯宿阴,悬崖栖归月。([宋]鲍照《阳岐守风诗》)
- 长引逐清风,高歌送奔月。([齐]袁彖《游仙诗》)
- 露彩方泛艳,月华始徘徊。([梁]江淹《休上人怨别》)
- 驰盖转徂龙,回星引奔月。([梁]沈约《却东西门行》)
- 遏归风,止流月。([梁]沈约《秦筝曲》)
- 欲待华池上,明月吐清光。([梁]简文帝《和湘东王首夏》)
- 大江阔千里,孤舟无四邻。唯余故楼月,远近必随人。([梁]朱超《舟中望月》)①

这样的月,早已超出明亮光照的单一面相的把握,如"凉月"一词不但是从明度联想到温度、将视觉转为触觉,扩大了感受层次,而月又竟然可归栖、可奔飞、可流淌、可吐光,也可亦步亦趋地远近随人,则就具有主动的人格属性。这都显示诗人注视着月的眼光是更加精细,观察态度和意想方向也更有生命化、人性化的感知情趣。

诗人既然培养出这种观月的眼光,拉近人与月的距离感,则对月的态度也就可以突破天上地面的遥远阻隔,而不再限于地面上对高空单向的仰望方式,月也不再是全然高高在上俯临人间的难以企及的存在。这种对月态度的改变,在谢灵运和吴均的诗中有极佳的例子,如谢灵运诗曰:

---

① 见逯钦立辑校:《先秦汉魏晋南北朝诗》,八首分见页1254、页1293、页1471、页1580、页1617、页1625、页1946、页2095。

朝搴苑中兰，畏彼霜下歇。暝还云际宿，弄此石上月。（《石门岩上宿》）①

吴均诗亦曰：

　　● 弱干可摧残，纤茎易凌忽。何当数千尺，为君覆明月。（《赠王桂阳》）
　　● 悬风白云上，挂月青山下。心中欲有言，未得忘言者。（《咏怀诗二首》之二）②

　　在谢诗"弄此石上月"中，诗人玩弄着月的光影；在吴均诗"挂月青山下"和"为君覆明月"里，月则是容许人们摆布之对象，可见月与人已经接近到可以直接抚触的地步，人与月的关系似乎也更形接近。整体观之，显然可见诗人精细的观察和脱俗的想象。这样的月，与汉魏晋时的月显然是很不相同的。

　　不过，由以上所引的诗例，我们也可以注意到，这些精奇出新的月大多还是物我相隔的，出自于诗人客观描摹雕琢的心态所塑造，所谓"风云月露"，月是属于自然风景的一部分，诗人由之引发种种愁怀思绪，也产生赏玩的想象，但个人情思的染化似乎仍不够强烈而深入，只是在物象描绘上增加"俪采百字之偶，争价一句之

---

① 见逯钦立辑校：《先秦汉魏晋南北朝诗》，见页1167。
② 见逯钦立辑校：《先秦汉魏晋南北朝诗》，二首分见页1742、页1745。

奇,情必极貌以写物,辞必穷力而追新"①的态度,营造出"奇""新"的意象表现。

杜甫在这种文字运用更为丰富、妍巧,心、物关系也较为活泼的基础上,不但吸收了摹景体物的工力,又出之以个人浓烈深入的情感,使月和诗人生命统合为一,兼备巧状之景和不尽之意的特质。下面即探讨杜诗中的意象表现。

二

杜甫诗中出现的月,不但数目繁多,样态多变,意向投射更是丰富饱满、曲折深微。

就数目而言,杜甫集中题目标有"月"字的诗就有二十一首②,其他在诗中出现的月更数倍于此,是六朝个别诗人所不及的。就所叙写的样态而言,范围也十分广泛,包括了江月、溪月、波中月、水月、孤月、落月、秋月、凉月、明月、新月、初月、圆月、细月、野月、满月、阙月、清月、净月、素月、风月、残月、边月、弦月、陇月、藤萝月、青嶂月等,几乎涵盖了南朝诗人大力开拓的范围,又有扩充之处,如其中的"野月"一词便是六朝诗中所未曾出现的;若就对月时诗人所兴发的情思表达而言,则杜甫所展现的曲折深婉和情景交融的境界,也远远超出六朝诗人投入的程度。

以下讨论时,大致以杜甫乾元二年弃官华州司功掾,开始后半

---

① 《文心雕龙·明诗》篇中语,(梁)刘勰著,周振甫注:《文心雕龙注释》,页85。
② 分别是《月夜》《一百五日夜对月》《月》《月夜忆舍弟》《初月》《观作桥成月夜舟中有述》《玩月呈汉中王》《江月》《月圆》《月》《月三首》《八月十五夜月二首》《十六夜玩月》《十七夜对月》《东屯月夜》《江边星月二首》《舟月对驿近寺》等诗。

生漂泊西南时,和出蜀入夔前后断为前后三期。前期月的意象出现较少,且多以"清光"为诗人把握;中期的月则有极完满而温暖的面貌,后期的月则多耸动而危疑可惧的极端表现,这些都提供我们了解杜甫的重要线索。

就第一阶段中安史乱前的生命形态而言,即使是蹭蹬于长安的壮年时期,杜甫虽官途不达、有"世儒多汩没"(《赠陈二补阙》)及"儒冠多误身"(《奉赠韦左丞丈二十二韵》)的蹭蹬之感,但志力犹壮,心气亦盛,与青年期裘马清狂的日子相距不远,对未来也仍充满希望和自信,其锐气甚至于自比"白鸥没浩荡,万里谁能驯"(《奉赠韦左丞丈二十二韵》)。因此,在这种向上朝外发扬之精神基础上,就少有深夜凝思观独之心境,流露于诗中的月,次数也就疏少而意味不深,如杜甫诗集中最早的少作之一《游龙门奉先寺》曰:

已从招提游,更宿招提境。阴壑生虚籁,月林散清影。

长安时的《陪郑广文游何将军山林十首》之九曰:

醒酒微风入,听诗静夜分。䌷衣挂萝薜,凉月白纷纷。

在清景闲致中,月是夜色里散发清光、涤荡俗虑的自然界存在物,属于凉夜清景之一部分;山林之幽致、心情之静怡,都由凉月清景中化出。其中"凉月白纷纷"一句比诸前引齐王融的"璧门凉月举",除了明度结合了温度,构成"凉月"一词外,又加上了"白"的色度,"凉""白"互补的结果便更强化了月清澈亮洁的感受。这是杜诗月之意象发展中完全不染带沉郁感伤的一个阶段。

唯其清凉之感生动传神,颇胜前人风致,于安史乱后、漂泊西南之前长安所作的寄内名诗《月夜》中更得到充分发挥:

今夜鄜州月,闺中只独看。遥怜小儿女,未解忆长安。
香雾云鬟湿,清辉玉臂寒。何时倚虚幌,双照泪痕干?

王嗣奭评此诗腹联曰:"云鬟、玉臂,语丽而情更悲。……鬟湿臂寒,此看月之久,忆望之至也。"①由于看月不寐,臂上增寒,其寒便似为月光浸漫所导致,由"清""玉""寒""湿"等偏于冷调之字质的影响,月辉之凉澈如水可以想见。但此凉澈之月光虽显出杜甫一腔悲情,但悲中不失钟情婉意,比较后期的月,仍带有温厚之感;且诗中之"月"本身悬立于人世之上,以一定距离为人所看望,孤独的是分隔两地的地上的人,而月并不亲身参与、共其休戚,因此也是以其清辉与人世构成关系的。这种以清澈之光质为诗人所把握的月之意象表现,在同期的诗中也常常可见,如:

  ● 无家对寒食,有泪如金波。斫却月中桂,清光应更多。
(《一百五日夜对月》)

---

①　见(明)王嗣奭撰,曹树铭增校:《杜臆增校》,台北:艺文印书馆,1971年10月,页63。

- 天上秋期近,人间月影清。入河蟾不没,捣药兔长生。
(《月》)
- 昊天出华月,茂林延疏光。仲夏苦夜短,开轩纳微凉。
(《夏夜叹》)

前一首为思家之作,中一首王嗣奭以为带有比意,乃为肃宗而作①,与《夏夜叹》都因忧世伤时而发,在根本上都以月影清光为背景是很明显的。

  不过即使如此,这样的月仍有十分曲折深婉的意涵。安史乱后,天下动荡,杜甫不但有妻隔子离的遭遇,也有时事安危之忧。就对月思家而言,王嗣奭评《月夜》诗曰:"意本思家,而偏想家人之思我,已进一层。至念及儿女之不能思,又进一层。须溪云:'愈缓愈悲'是也。"②而从现前的月转至末联的未来之月,所谓:"末又想到聚首时,对月舒愁之状,词旨婉切,见此老钟情之至。"③这种对月时,情思往复回环、曲折跌宕的表达,是六朝诗人对月抒感的诗中很难看到的;虽然月仍是外界高悬天上的月,但人间的情思在月照下却有更加精微的内涵,而且月也一直贯连在这个深婉的曲想之中,并不只是夜中触目所及的夜景之一而已。《一百五日夜对月》所说"斫却月中桂,清光应更多"则又语新意奇,不下于谢灵运和吴均的弄月、覆月之想。

---

① 见(明)王嗣奭撰,曹树铭增校:《杜臆增校》,页87。
② 见(明)王嗣奭撰,曹树铭增校:《杜臆增校》,页62。
③ 见(清)仇兆鳌:《杜诗详注》,卷四引《杜臆》语,页309。

第二章　意象主题(上)

　　杜甫开始西南之行后,一年的路途中有荒山饿馁之虑,也有暂栖一枝的安居之慰,到入成都后则更展开一生中最为闲适的生活。将之断为一期,其故在于就月的意象而言,杜甫诗中真正圆而满的月只在此时出现。这种圆满的、温馨深情的表现,不但于前期无由得见,后期出蜀入夔的阶段也未曾塑造,乃杜甫生命发展中十分特出的现象,因此是我们讨论的重点之一。诗曰:

- 杖锡何来此,秋风已飒然。雨荒深院菊,霜倒半池莲。放逐宁违性,虚空不离禅。相逢成夜宿,陇月向人圆。(《宿赞公房》,乾元二年秦州作)
- 天涯歇滞雨,梗稻卧不翻。漂然薄游倦,始与道侣敦。景晏步修廊,而无车马喧。夜阑接软语,落月如金盆。漠漠世界黑,驱驱争夺繁。惟有摩尼珠,可照浊水源。(《赠蜀僧闾丘师兄》,上元元年成都作)

　　两首诗相距一年,都作于滞雨不断、莲倒稻卧的荒飒景象中,却也表现出最圆满的月之意象。就第一首诗言之,王嗣奭《杜臆》曰:"止云'陇月向人圆',而情好蔼然可想,盖同病相怜,亦他乡故知也。"[1]在放逐客途的虚空和秋雨霜重、菊荒莲倒的凄凉景致下,诗人只因与同遭谪迁的昔时故旧萍途相逢,其团圆欢然之情便足以抑制满腔悲意而投射于异地的陇月中,使月似亦为此同遭不幸之两人的团聚而庆幸、而圆满,所谓"陇月向人圆"着一"向"字,由物

---

[1] 见(明)王嗣奭撰,曹树铭增校:《杜臆增校》,页153。

返我,又经一层曲折,便更见出深切的情味;第二首诗作于暂居草堂的安定时期,倦游的诗人从驱驱争夺的世界中找到了宁谧无喧之所,在与道侣相谈甚欢以至夜阑人静时,抬头所见,唯有金盆似的团团明月当空悠悠而落,着一"金"字、"盆"字,极言其大而明亮之状,读来如在目前,而杜甫心中的无限喜满也就具备了具体可感的形象表现。《杜臆》曰:"公诗善用借景,如'落月如金盆'与'陇月向人圆',皆据一时所见之景,而倾盖欢洽之意自见。"[1]便指出了此期满月的特质之一——表现友朋团聚之亲好欢洽。

另外,特别的是,这两首诗都作于与寺僧道侣的交往倾谈时,此一现象很值得注意。首先,在同期的《严氏溪放歌行》中,杜甫也曾说:"秋宿霜溪素月高,喜得与子长夜语。"同样是与友朋长夜倾谈的背景,却唯有高高素月,意象与此二诗大异;其次,杜甫诗中的圆月意象除此之外亦有不少,但都不及此二诗的温馨暖融,别具满足之意味。推究其故,应在于杜甫从两位僧友处得到的不只是朋友间濡沫亲情之安慰,还更有佛理的点化开悟,这从"夜阑接软语"的"软语"一词可以得到证明。"软语"固然可以理解为友朋间的款好低语,使此诗更具亲切温馨之情味,但这只是杜甫健笔妙涉之下丰富多义的一种表现;不可否认,"软语"也仍保有佛理之一义。《华严经》曰:"菩萨摩诃萨有十种语,一者柔软语,能使一切众生得安稳。"[2]《维摩经》也说:"所言诚谛,常以软语,眷属不

---

[1] 见(清)仇兆鳌:《杜诗详注》,卷九,页767。此语今本《杜臆》无。
[2] 见(清)仇兆鳌:《杜诗详注》,卷九,页768。

离,善和争讼。"①在佛理软语渡化下,杜甫由衷得到慰藉和安稳,因此在家国丧败、羁旅道途之中得以将一切汲汲忧念暂时放下,回到清静无虑、洒然不尘之心理状态;此时一旦蓦然与景凑泊,便得天心月圆,故而下面才接着道:"漠漠世界黑,驱驱争夺繁。惟有摩尼珠,可照浊水源。"直接肯定佛理之安稳光明了。

这种困顿之中托庇于佛荫,所谓"漂然薄游倦,始与道侣敦",而得心灵喜满之现象,对笃守儒业、全心入世的杜甫来说是极不寻常的,但并非突兀而不可能的。杜甫胸次浩然,涵茹博大,最具转益多师之胸襟,于佛理之平和高妙自亦能虚心体会,此观《别李秘书始兴寺所居》曰:"重闻西方止观经,老身古寺风泠泠。妻儿待米且归去,他日杖藜来细听。"也可得到证明。对于年老的杜甫而言,能够重闻止观经义是可珍惜的,因此即使杖藜也愿前去细细倾听;只是人伦百姓终究是他割舍不下的终极关怀,因此妻儿待米时便须归去,百姓忧疾时便一往系念,于佛理清境最多只是暂时亲炙而已,不得长驻。然也正因如此,长久深切的艰难重担一旦获得苏息,其喜乐平和也就更加珍贵可感,化为景物,便得喜满无限的月之意象。这是此期满月的特质之二——表现佛理的喜满安稳。

其中表现友朋间亲好欢洽的月,在《奉济驿重送严公四韵》中也有极为感人的面貌:

---

① 见(清)仇兆鳌:《杜诗详注》,卷九,页768。

> 远送从此别，青山空复情。几时杯重把，昨夜月同行。
> 列郡讴歌惜，三朝出入荣。江村独归处，寂寞养残生。

严武是杜甫在成都最大的生活依靠。《新唐书》传曰："严武节度剑南东西川，往依焉。武再帅剑南，表为参谋、检校工部员外郎。武以世旧，待甫甚善。"①在这种非常之交谊下，两人的分聚离合就令杜甫感到格外深切。从首句远送的依依惜别，到末联杜甫独归后寂寞残生的预期，加上"空""独""残""寂寞"等字词的强化，都显示这次的送别是十分酸楚的。仇兆鳌曰："三四言后会无期，而往事难再。语用倒挽，方见曲折。"②在这后会无期的深沉悲郁中，昨夜相聚之时便显得特别温馨珍重了。所谓"昨夜月同行"，同行的其实不只是月，还是即将远别的亲人一般的朋友；月即是人，人即是月，同行互持，结伴相依，具有深厚的关系和浓郁的情味，不但其景致宛然在目，其情意亦复无限，充分将离别前夕低回不舍的情景传达出来。杜甫这句诗也令我们想到前引梁朱超"唯余故楼月，远近必随人"的诗句，此联表现了朱超观察细密的眼光，月也隐隐有伴随孤舟，慰藉诗人之意，但似不及此句的精炼和情景浑融。

"陇月向人圆"和"落月如金盆"是以形状见意，"昨夜月同行"则是以行动表情，都能有圆满完足的意象表现。到杜甫出蜀入夔的后期阶段，月的意象就趋向于危疑耸动，不复有此圆满的面貌。不过，在探讨后期的月之前，我们仍应指出，中期的月已蕴藏有危

---

① 见(清)仇兆鳌：《杜诗详注》，卷一，页6。
② 见(清)仇兆鳌：《杜诗详注》，卷十一，页916。

疑不安的性质,最明显的是《玩月呈汉中王》一诗所表现者:

> 夜深露气清,江月满江城。浮客转危坐,归舟应独行。
> 关山同一照,乌鹊自多惊。欲得淮王术,风吹晕已生。

诗题曰"玩月",诗意则毫无赏玩之意。从颔联的浮客危坐、归舟独行,已暗孕孤危之端,腹联的月照鹊惊则将此端扩大、突显。仇兆鳌评腹联曰:"关山同照,王亦远谪也。乌鹊多惊,自叹羁孤也。二句,咏月下情景。"①实则笼罩关山的月光中,似乎隐约带有令人不安的性质,成为乌鹊受惊的一个根由。"乌鹊多惊,自叹羁孤"之说则指出杜甫移情入物,与乌鹊同感惊疑,可见月光对于杜甫已渐有负面的投射。另外在去蜀前一年,杜甫深感幕府束缚,而渐有出幕之想,所谓:"胡为来幕下,只合在舟中。"(《遣闷奉呈严公二十韵》)其时所作的《倦夜》一诗亦曰:

> 竹凉侵卧内,野月满庭隅。重露成涓滴,稀星乍有无。
> 暗飞萤自照,水宿鸟相呼。万事干戈里,空悲清夜徂。

杜甫竟夕不寐,注意到露水逐渐凝聚成重露而滴下的过程,也感受到深夜侵逼入内的凉意,在这稀星闪动、竹凉侵逼的倦夜里,月是"野月",其义不只是郊野之月,更带有荒凉可惧的意味;而这种荒凉可惧之月还遍照庭中每一个角落,隐隐也和凉意一样有侵逼卧

---

① (清)仇兆鳌:《杜诗详注》,卷十一,页946。

内之感，使整个夜景充满不安的感受。在后期夔州诗中的月，就展示了更加强烈的力量：

- 飞星过水白，落月动沙虚。(《中宵》)
- 鱼龙回夜水，星月动秋山。(《草阁》)

仇兆鳌注《中宵》一联曰："一就迅疾中取象，一从恍惚中描神。"①注《草阁》一联曰："动秋山，光闪烁也。"②这种"从恍惚中描神"的说法颇能解释"星月动秋山"和"落月动沙虚"的现实合理性，也能传达一种奇特的想象力，因此比黄生评《草阁》一联所说："写景精刻，而句法复奇特如此"③更加详尽切要。不过这种力能撼动秋山的月仍带有自发的主动性意味，正如《西阁夜》中的月一样：

恍惚寒江暮，逶迤白雾昏。山虚风落石，楼静月侵门。
击柝可怜子，无衣何处村？时危关百虑，盗贼尔犹存。

困窘无衣又忧虑时危的诗人，看到的是在江寒雾昏、山虚楼静中侵门而入的月。用一"侵"字，月的行动呼之欲出，正和《倦夜》的"竹凉侵卧内"、《夜雨》的"野凉侵闭户"相呼应，而更带有不怀好意的企图感，充满危机逼临的紧张疑惧。这样的意象和同期的鸥鸟有

---

① （清）仇兆鳌：《杜诗详注》，卷十七，页1463。
② （清）仇兆鳌：《杜诗详注》，卷十七，页1469。
③ 见（清）黄生：《杜工部诗说》，卷五，页267。

同质一贯的表现,与下节的分析可以互观。

其他诗中的月,则有不少是完全与杜甫自身生命状态融合为一,成为他生命状态具体化的形象表达:

● 细草微风岸,危樯独夜舟。星垂平野阔,月涌大江流。(《旅夜书怀》)

● 孤月当楼满,寒江动夜扉。委波金不定,照席绮逾依。(《月圆》)

● 暝色延山径,高斋次水门。薄云岩际宿,孤月浪中翻。(《宿江边阁》)

● 万象皆春气,孤槎自客星。随波无限月,的的近南溟。(《宿白沙驿》)

● 江汉思归客,乾坤一腐儒。片云天共远,永夜月同孤。(《江汉》)

其中的月或直曰"孤月",或与孤槎、独舟相应,全部都反映了孤独的性质;而五首中有四首属于水月,如"月涌大江流""委波金不定""孤月浪中翻""随波无限月"等,又属于翻涌不定的形象。这种孤独无依、漂泊不定的形象,完全是杜甫自身的写照。因此黄生注《宿江边阁》曰:"三四又用意在'薄'字、'孤'字,皆自喻也。'浪中翻',漂泊无定;'岩际宿',暂此依栖。"①仇兆鳌注"随波无限月"

---

① 见(清)黄生:《杜工部诗说》,卷七,页390。

一联亦云:"即景,借物形己,巧法兼备。"①指出随波渐行渐远、无所止涯的月,其实也正是舟楫茫然的杜甫。两人所谓的"自喻""借物形己"便都是有见于此之说。此外在《雨》和《宴王使君宅题》两诗中,我们也看到意象诡奇的月:

- 悠悠边月破,郁郁流年度。(《雨》)
- 江湖堕清月,酩酊任扶还。(《宴王使君宅题》)

两诗不言月缺而曰月破,不言月落而曰月堕,"破"字、"堕"字用字强烈而大胆,赋予月在一般物理性质之外,一种新的质地和表现的可能性,予人极端耸动的感受。其中的"江湖堕清月"与下句"酩酊任扶还"有着脉络上平行的内在关系:流寓湘潭、酒醉颓倒的杜甫,正是江湖上迅速沉落的月;用一"堕"字,双绾月的落姿和诗人的醉态,形象鲜明,而且传达了沉重寥落的不言之意,正是心物交融的浑成表现。这种物我为一的特质在与南朝某些造语用意类似的诗句比较时,最能显示出来。兹表列如下:

- 江湖堕清月,酩酊任扶还。(杜甫《宴王使君宅题》)

  但问情若为,月就云中堕。([宋]谢灵运《东阳溪中赠答诗二首》之二)

- 随波无限月,的的近南溟。(杜甫《宿白沙驿》)

---

① (清)仇兆鳌:《杜诗详注》,卷二十二,页 1954。

庭中无限月,思妇夜鸣砧。([梁]江洪《秋风曲三首》之三)
● 薄云岩际宿,孤月浪中翻。(杜甫《宿江边阁》)
暝还云际宿,弄此石上月。([宋]谢灵运《石门岩上宿》)
薄云岩际出,初月波中上。([梁]何逊《入西塞示南府同僚诗》)①

三组六朝诗例中的月虽然意象新警,但都不失客观写实的意味,仇兆鳌对第三组诗便指出这个特质:"何仲言诗,尚在实处摹景。此用前人成句,只换转一二字间,便觉点睛欲飞。"②其中所谓"点睛欲飞"的根由,便在于杜甫诗中的月表现的一种非独写实的"纯粹空想的造型"③,也就是在物我合一的观物方式中,月已非实际经验的客观存在物,而是带有极强烈主观象喻的内涵,可以直接而充分地在月的形态中透显诗人的自我形象和生命情境;因此那些随波无限的、堕于江湖的、浪中翻涌的,都是月,也都是杜甫自己。借一物象而彼我兼摄,一体呈现,正是意象塑造上生动欲飞的高度境界。

在这种基础上,杜甫也并非有意对明月之好视而不见,全以个人偏执之心绪否定客观存在的多样性,这绝不是杜甫开阔博大之心性的表现。只是孤帆命运未卜,内心悲感无止,月虽好而人不圆,徒增一层伤怀而已,因为"月是故乡明"(《月夜忆舍弟》),唯月愈好而自己就愈孤独。下列诗例都是很好的说明:

---

① 以上四首诗见逯钦立辑校:《先秦汉魏晋南北朝诗》,依序见册中,页1185;册下页2073;册中,页1167、页1684。
② (清)仇兆鳌:《杜诗详注》,卷十七,页1469。
③ 见〔日〕吉川幸次郎:《杜甫与月》,收入《杜诗论集》,东京:筑摩书房,页218。

- 永夜角声悲自语,中天月色好谁看?(《宿府》)
- 不知明月为谁好?早晚孤帆他日归。(《秋风二首》之二)
- 风月自清夜,江山非故园。(《日暮》)
- 明月生长好,浮云薄渐遮。悠悠照边塞,悄悄忆京华。

(《季秋苏五弟缨江楼夜宴崔十三评事韦少府侄三首》之三)

这里的月虽不一定是圆月,却必然是美好的月。只是其中透露的强烈的异乡之感,使月之美好添注一层陌生、多余而无奈的特质。但这种陌生多余而万般无奈之意味仍是杜甫以深情投入之后,进一步再反刍出来的结果,所谓爱之深责之切,没有悉心爱赏又如何能生出如此深切的欠缺之憾? 四首诗或说明月虽好而看者无心、拒不受用,或说明月虽生长美好却有薄云遮却,总之是表现一种面对美好事物时,却徘徊在接受与抗拒之间的心理矛盾。这种对月时心态的矛盾、曲折,和前面所说物我兼融的月,是有同质的关联的。吉川幸次郎指出:"杜甫觉得月色本身凄凉不健康。他似乎在苍白月色中感到一些不祥可怕的东西;或将月色咏成可厌,应予拒绝之物。"[①]这对"侵门"而入的月而言,是可以成立的,能阐发那份危疑不安之感;不过就那些物我一体的月如"孤月浪中翻"等,此言便大可商榷,尤其从"不知明月为谁好"等句看来,杜甫不是因为月色不祥或可厌而有拒绝之心,反而是因为月色太好,产生了更加彰显自己之孤独寥落的反衬作用,才有欲赏还拒的矛盾心情。由此

[①] 〔日〕吉川幸次郎:《杜甫与月》,收入《杜诗论集》,页220。

也可以看到,杜甫此期的月,不但出现数量繁多,远胜于前面两期,且在始终一贯的观省特质中,更有复杂而曲折的意象表现。

从前文分析中,我们可以看到杜甫生命中三个大阶段的月之意象有着明显的转变,每一阶段对月的掌握也都呈现极为不同的侧面,和杜甫的生命发展息息相关。前期的清光明辉,中期的亲情喜满,后期的危疑孤凄,都是极为饱满的意象表达,比之六朝,显然可见杜甫在"意"的投入和"象"的观察两方面,都有更加深细精密的表现。吉川幸次郎在这种纵向的比较中曾指出:对比于六朝诗人,杜甫描写了他们所未曾歌咏的不愉快的风景,而表现了"注目世界上的一切的广阔的眼光,因此这不愉快的风景,也就不可忽视"①。这正是我们在分析月之意象塑造后可以证明的。杜甫以一人之力,而能在月的意象塑造上表现出齐平前人乃至超乎前人的创作力,正可以显示杜甫诗歌集大成而又开新的意义。

---

① 见〔日〕吉川幸次郎著,孙昌武译:《杜甫的诗论与诗——在京都大学文学部的最后一课》,收入萧涤非主编:《唐代文学论丛》总第七辑,页62。

第三章 意象主题(下)

第一节 鸥鸟意象——人生历程变化的轨迹

所谓的"鸥",在诗歌中出现的多是江浦之鸥。若依《南越志》所定义:"江鸥,一名海鸥,在涨海中,颇知风云,若群飞至岸,必风,渡海者以此为候。"①则江鸥、海鸥同为一种游禽殆无可议,以下所论鸥鸟意象便依此合并论之,不复区别。

《列子》中所述人鸥忘机之故事,是诗歌中鸥鸟意象的一个源头。《黄帝》篇曰:"海上之人有好沤(按:同鸥)鸟者,每旦之海上从沤鸟游,沤鸟之至者百住而不止。其父曰:'吾闻沤鸟皆从汝游,汝取来吾玩之。'明日之海上,沤鸟舞而不下也。"②此一"心诚则感物,感物则物我同游无猜"透过鸥鸟来完成其意涵,塑造了鸥鸟意象的第一个侧面。到了南朝,正如刘若愚曾指出的,杜甫以前诗歌意象的使用是倾向于偶然的和简单的(见第一章引语),证诸鸥鸟意象亦是如此,例如鲍照《上浔阳还都道中作诗》曰:"鳞鳞夕云起,猎猎晚风遒。腾沙郁黄雾,翻浪扬白鸥。登舻眺淮甸,掩泣望荆流。"③全诗中途以鸥托兴,颇能体现诗人漂荡征途之形象感

---

① 见(清)仇兆鳌:《杜诗详注》,卷十七所引,页1531。
② 见(东晋)张湛注:《列子》,台北:艺文印书馆,页29。
③ 见逯钦立辑校:《先秦汉魏晋南北朝诗》册中,页1291。

受，意味深长，但对照全集，仍属集中孤例，因而不失偶然的特性。此外，梁朝何逊的《咏白鸥兼嘲别者诗》是在咏物盛行之风气中所产生的唯一一首咏鸥诗，诗曰：

可怜双白鸥，朝夕水上游。何言异栖息，雌住雄不留。
孤飞出溆浦，独宿下沧洲。东西从此别，影响绝无由。①

全诗以本自同栖共游却被迫孤飞独宿的双白鸥，来比喻自己与送别者之间的关系，带有诗人自喻喻人的象征意旨；但诗人取之以为平行并比之关键，只在于鸥所具有的"水鸟"的一般属性，而不在于鸥之为"鸥"的个别特质，这点由何逊全集中来比看，尤为明显。首先，除了此诗之外，鸥鸟意象在其集中未再出现，此诗可谓孤例；而何逊用一般的鸟意象来表达离异孤飞之主题的诗却所在多有，例如《道中赠桓司马季珪诗》说："晨缆虽同解，晚洲阻共入。犹如征鸟飞，差池不可及。本愿申羁旅，何言异翔集。"和《南还道中送赠刘咨议别诗》提到的"游鱼上急水，独鸟赴行楂"②等等，都证明了这首咏鸥诗乃取鸥之为鸟的一般属性以入咏，而且此一般属性也出以一种简单的侧面来表现，对意象作为展示诗人生命整体的丰富性要求而言，显然是不够的。

除了鲍照、何逊之外，南朝诗人中尚有谢灵运、谢朓、江淹、刘琨、任昉、庾信、江总、隋炀帝杨广等运用过鸥鸟意象，其中亦不乏佳

---

① 见逯钦立辑校：《先秦汉魏晋南北朝诗》，页1707。
② 见逯钦立辑校：《先秦汉魏晋南北朝诗》，分见页1683、页1687。

作,如谢灵运《于南山往北山经湖中瞻眺》云:"海鸥戏春岸,天鸡弄和风。"庾信《奉和永丰殿下言志诗十首》之九曰:"野鹤能自猎,江鸥解独渔。"①但就各别作家而言,这一个意象多属集中孤例,很少能担负起完整地透显诗人生命状态的功能。而相对于南朝这种"偶然而简单"的意象表现,杜甫诗中的鸥鸟意象便显示了"有意而复杂"的典型,集中出现有鸥鸟意象的诗,约有三十五首,超过南朝同一意象数目的总和;且持续不断地出现,随着杜甫生命史的转变历程而迁异,正足以作为探究诗人生命状态和自我认知的意象主题之一。

最早出现鸥鸟意象的诗是玄宗天宝六年,杜甫三十六岁时所作的《奉赠韦左丞丈二十二韵》:

> 纨袴不饿死,儒冠多误身。丈人试静听,贱子请具陈。
> 甫昔少年日,早充观国宾。读书破万卷,下笔如有神。
> 赋料扬雄敌,诗看子建亲。李邕求识面,王翰愿卜邻。
> 自谓颇挺出,立登要路津。致君尧舜上,再使风俗淳。
> 此意竟萧条,行歌非隐沦。骑驴十三载,旅食京华春。
> 朝扣富儿门,暮随肥马尘;残杯与冷炙,到处潜悲辛。
> 主上顷见征,欻然欲求伸,青冥却垂翅,蹭蹬无纵鳞。

---

① 见逯钦立辑校:《先秦汉魏晋南北朝诗》,页1172、页2390。另如谢朓《游山诗》曰:"䴗狁叫层嵓,鸥凫戏沙衍。"刘琨《上湘度琵琶矶诗》曰:"颉颃鸥舞白,流乱叶飞红。"江淹《孙廷尉绰杂述》云:"物我俱忘怀,可以狎鸥鸟。"江总《赠贺左丞萧舍人》谓:"翔鸥方怯冻,落雁不胜弹。"以及隋炀帝《望海》所言:"驯鸥旧可狎,卉木足为群。"等皆是,见同书,页1424、页1470、页1576、页2581、页2670。

甚愧丈人厚,甚知丈人真。每于百僚上,猥诵佳句新。
窃效贡公喜,难甘原宪贫。焉能心怏怏?只是走踆踆。
今欲东入海,即将西去秦。尚怜终南山,回首清渭滨。
常拟报一饭,况怀辞大臣。白鸥没浩荡,万里谁能驯!

对一个具备济世理想(所谓"致君尧舜上,再使风俗淳")和才华能力(所谓"读书破万卷,下笔如有神"),并且时时以济时大愿自重或期许他人①的诗人而言,十三年残杯冷炙、骑驴旅食的悲辛岁月已是一种对才德者的沉痛反讽,而在主上忽然见征的一线希望中,却得到垂翅蹭蹬的打击,使得宽厚如杜甫者也不得不慨叹"儒冠多误身"而有踆踆去国之思了。王嗣奭曰:"此诗全篇陈情,直抒胸臆,如写尺牍,而纵横转折,感愤悲壮,缱绻踌躇,曲尽其妙。……末段愤激语,纡回婉转,无限深情。"②这种直抒胸臆而又曲回转折所造成的悲壮深情,显然并非如龚自珍所批评的"颇觉少陵诗吻薄,但言朝叩富儿门"③如此简单的卑薄之感。事实上全诗行文沉郁顿挫,起落之间表现理想才调愈高而与现实之落差就愈惊人,非但其词坦荡,更无愤世嫉俗的粗率,且在历述一生的困顿不伸之后,杜甫在篇终所总结的也并不是消沉乞怜的姿态,反而将自首段

---

① 其他如《奉送严公入朝十韵》的"公若登台辅,临危莫爱身"、《岁暮》的"济时敢爱死,寂寞壮士惊"、《可叹》的"致君尧舜焉肯朽"、《敬寄族弟唐十八使君》的"济时肯杀身"和《暮秋枉裴州手札率尔遣兴寄递呈苏涣侍御》的"致君尧舜付公等,早据要路思捐躯"等,都表示了杜甫之济世愿望直至暮年仍未尝稍减。

② 见(明)王嗣奭撰,曹树铭增校:《杜臆增校》,台北:艺文印书馆,页16。

③ (清)龚自珍:《杂诗三首》之三,见《定庵文集》,台北:台湾商务印书馆四部丛刊本,页123。

的昂藏自负后便一直沉沦低挫的调子再度拔高,以一只投入于波澜浩荡的白鸥自况,寄予无比宽阔的展望前景;而前文层层蓄积到顶点的困厄挫馁,便也借着无驯之白鸥的举翼而倾泻万里,在壮阔无际的青冥中,垂翅已久的诗人超越了世情薄俗,再度得到了自由翱翔的新生命。

杜甫诗中以脱纵无驯之意象作结的,尚有《通泉县署壁后薛少保画鹤》一诗末联:"赤霄有真骨,耻饮洿池津。冥冥任所往,脱略谁能驯!"这种结构安排,正如前文第二章第一节对《佳人诗》的分析所指出的一样,以形象作为顿笔收束,不但促进此一形象涵摄了前文所有的意念指涉,而扩大其内容蓄积,因为"过去之要素总附随于新的呈象"①,这时,白鸥意象也就达到最饱满的完成,而且在总结前文、收笔合束后更能进一步宕开,反过来让白鸥万里展飞的意象引导读者对诗人之未来产生无限的想象,遂而余味无穷。吴瞻泰所指出的:"结二语,全体俱振,乃于极无聊中,作自宽语悠扬跌宕,亦推开法也。……观此一结,何其意味深长耶!"②正是此意。另外,董养性所谓:

> 篇中皆陈情告诉之语,而无干望请谒之私,词气磊落,傲睨宇宙,可见公虽困踬之中,英锋俊彩,未尝少挫也。③

---

① 见〔德〕衣沙尔(Wolfgang Iser)著,岑溢成译:《阅读过程中的被动综合》,收于郑树森编:《现象学与文学批评》,台北:东大图书公司,1984年页103。
② 见(清)吴瞻泰:《杜诗提要》,卷一,页79—80。
③ 见(清)仇兆鳌:《杜诗详注》,卷一,页79。

这整体磊落傲睨,"英锋俊彩,未尝少挫"的体会,一大部分正是来自于末联的启发作用:"白鸥没浩荡,万里谁能驯"一面呼应了前文"垂翅"的比喻,显示诗人在困踬中奋力振拔的自觉意识,一面也是诗人肯定自我能力、爱惜自我德操的宣示;此外也有犹疑(所谓"尚怜""回首")之后的决绝和超脱束缚之感。长安时期三十六岁的壮年杜甫所创造的鸥鸟意象,是傲睨天际、磊落自负,绝不为现实困窘所挫的坚毅性格的象征。

而这意欲"浩荡乘沧溟"(《桥陵》)的鸥鸟到了约十年后杜甫四十八岁时,却随着他颠踬奔劳的生涯而有了剧烈的转变。肃宗乾元年间正是杜甫后半生"漂泊西南天地间"(《咏怀古迹五首》之一)的开始,自任华州司功参军职时,已兵连祸结、关辅大饥;弃官后远游至秦州,更是地僻人疏,前程未卜,而道路辛苦,妻小连累,故交郑虔、贾至、严武也接连被贬,"满目悲生事"(《秦州杂诗二十首》之一)之沉重心情与生存负担,使得昔日英爽不驯的鸥鸟也蒙上生事的彷徨艰难。以下三首乾元年间所作的诗最能显出这个转变:

- 空外一鸷鸟,河间双白鸥。飘飘搏击便,容易往来游。(《独立》)
- 昔如水上鸥,今为罝中兔。性命由他人,悲辛但狂顾。(《有怀台州郑十八司户》)
- 浦鸥防碎首,霜鹘不空拳。地僻昏炎瘴,山稠隘石泉。(《寄岳州贾司马六丈巴州严八使君两阁老五十韵》)

回忆中乘风冥搜的鸥鸟如今屈身于地僻山稠之中,时时要谨警于鸷鸟搏击、霜鹘碎首的危险,仇兆鳌注第一首诗引赵汸注曰:"白鸥,比君子之幽放者。……鸷鸟方恣行搏击,白鸥可轻易往来乎,危之也。"①而第二首诗中与"水上鸥"对举的"罝中兔"的意象,正与鸷鸟、霜鹘威胁下的浦鸥有着同质的内在连系,更显出鸥鸟极度危殆,所谓"性命由他人"的处境,其诗不但喻人,兼且况己。浩荡波涛中无驯的鸥鸟已落入极端困绝之中,连生命亦不得自主,这是杜诗中鸥鸟意象主题的第一个曲折表现。

同年由秦州至同谷,冬晚再到蜀州,"一岁四行役"(《发同谷县》)的匆迫和一路上间关险绝、穷饥欲死的行程,对照后来成都浣花溪畔茅屋数间的安定生活,更容易突显意象转变的内在因素。从上元元年到代宗永泰元年的六年居蜀时期②,其大致安宁闲适的生活反映到诗歌创作中,也塑造了亲和细腻的鸥鸟意象,这点由此期一共出现十一次的诸作可知:

● 清江一曲抱村流,长夏江村事事幽。自去自来梁上燕,相亲相近水中鸥。(《江村》)
● 细动迎风燕,轻摇逐浪鸥。渔人萦小楫,容易拔船头。(《江涨》)
● 衰疾江边卧,亲朋日暮回。白鸥原水宿,何事有余哀。

---

① 见(清)仇兆鳌:《杜诗详注》,卷六,页495。
② 此系年依刘孟伉主编:《杜甫年谱》,台北:学海书局。

(《云山》)
- 舍南舍北皆春水,但见群鸥日日来。花径不曾缘客扫,蓬门今始为君开。(《客至》)
- 啭枝黄鸟近,泛渚白鸥轻。一径野花落,孤村春水生。(《遣意二首》之一)
- 山县早休市,江桥春聚船。狎鸥轻白浪,归雁喜青天。(《倚杖》)
- 倚杖看孤石,倾壶就浅沙。远鸥浮水静,轻燕受风斜。(《春归》)
- 燕入非旁舍,鸥归只故池。断桥无复板,卧柳自生枝。(《过故斛斯校书庄二首》之二)
- 野外堂依竹,篱边水向城。蚁浮仍腊味,鸥泛已春声。(《正月三日归溪上有作》)
- 燕外晴丝卷,鸥边水叶开。邻家送鱼鳖,问我数能来。(《春日江村五首》之四)
- 江渚翻鸥戏,官桥带柳阴。花飞竞渡日,草见踏青心。(《长吟》)

以上十一例中的鸥鸟都在孤村清江、舍旁篱边的背景中出现,在诗人眼中或相亲相近,或浮泛翻戏,大都带有"明朗温馨,对大自然满怀善意的观察态度"[①]。不仅如此,此期之鸥鸟意象更有二大特色:

---

① 引自方瑜:《浣花溪畔草堂闲》,中国古典文学研究会主编:《古典文学》第二集,页178。

其一为半数诗例所写都与燕同时并举。燕结居家屋梁椽之下,不入旁舍,又秋去春来,不失其约,最具有家庭和融、依恋的亲切联想;而鸥为漂泊之禽,如今随之来去并现,同具轻巧闲适的美感,两者意象之界限于诗人眼目之中已渐模糊,似乎在漂泊他乡的栖迟依违中,安适平静的生活仍能带来短暂的家居之安慰,而在此种家居的平稳安定心境中,也就产生燕鸥"来去并现"此一界限模糊的观照了。这从"燕入非旁舍,鸥鸟只故池"一联所隐隐涵蕴者,即异地之断桥卧柳似也化为虚幻的故乡,最能透显此意。

此期鸥鸟意象的另一项特色是与春天意象的结合。上引十一首诗例中有七首是写作于春天的背景中,占过六成之强①。这些在春水的欣欣生意中翩游轻泛的鸥鸟形象都是在诗人安适自在的心境中完成的,唯天机与人情的相会共感,才能写出一片陶然轻悠之春容春声。所谓"动曰细,摇曰轻,因鸥燕之得趣,亦若水使之然。此于无情中看出有情"②,便是指诗人有情的观看是点染度化鸥燕之闲趣意味的基础。另外,西方批评家佛莱(Northrop Frye, 1912～1991)所研究提出的文学"基型论"(Archetypal criticism)中指出,不同文化环境中的作家笔下常会出现一些共通的意象或象征的基型,这些基型中,晨昏春秋人生文学各类都有其相应的对比,例如春天意象正与黎明和诞生时期同属于喜剧境界,且此

---

① 除《江村》《江涨》《云山》《过故斛斯校书庄》四首外,余各首或由诗题点明,或由诗中点出,《长吟》一首则有"花飞竞渡日"句,仇兆鳌亦编入春作,合有七首之多。

② (明)王嗣奭《杜臆》语,见(清)仇兆鳌:《杜诗详注》,卷九引,页747。今本《杜臆》无。

一喜剧境界也常表现出田园牧歌和平静河流之意象的基型①。依此,则成都草堂时期鸥鸟意象与春天、春水意象的结合,不但是出于杜甫本身主观的意向投射,而自然透显诗人当前闲适的生命情境,且其间之绾合连系也自有其一般性客观的感受脉络可寻。无论如何,以上所提出的与燕并举、与春结合的两个现象,更促使杜甫笔下的鸥鸟意象进入了第二个转折,塑造了家居之安适平和与春天之希望欣悦的双重特质。

这一特质到了杜甫终于抑止不住回京归乡之思,而在代宗永泰元年动身东下戎、嘉、渝、忠各州,开始另一段未卜的旅程之后,又有一种截然不同的改变:

- 五载客蜀郡,一年居梓州。如何关塞阻,转作潇湘游。万事已黄发,残生随白鸥。安危大臣在,何必泪长流。(《去蜀》)
- 细草微风岸,危樯独夜舟。星垂平野阔,月涌大江流。名岂文章著,官应老病休。飘飘何所似?天地一沙鸥。(《旅夜书怀》)
- 柔橹轻鸥外,含凄觉汝贤。(《船下夔州郭宿别王十二判官》)

年已五十四又身放江湖的一个老病诗人,既无官位,亦缺乏赖以奋

---

① 有关佛莱"基型论",可参考黄维梁:《春的悦豫与秋的阴沉——试用佛莱"基型论"观点析杜甫的〈客至〉与〈登高〉》,收入中国古典文学研究会主编:《古典文学》第七集,台北:台湾学生书局。

斗的青春凭借,徒能忧时泪流,又何补于事？"国家安危,自有大臣负荷",而壮岁怀抱致君尧舜之济世大愿的诗人,如今"万事无成,早已黄发；残生有限,空逐白鸥"①,兼济天下之志业与独善其身之自得两相落空,而忧时之念实不容已,却再无草堂闲居之乐暂时可慰。因此,这时的鸥鸟虽仍为杜甫所追随注目,却只得到老病之残生余年的寄托,而不是悦豫盎然的一片春心；而在"危""独"的旅夜中书写怀抱时,杜甫更进一步将自己化为天地间一只飘然无依的沙鸥,不知将要孤独地飞往何处；仇兆鳌所谓："一沙鸥,仍应上'独'字"②,正是此意。"飘飘何所似？天地一沙鸥"这种设问自诘自答的形式是杜甫强烈地自觉认同于沙鸥的表示,加以结合了佛莱基型论中涌动大江的悲剧意象和孤舟意象,此时的鸥鸟正是杜甫暮年的漂泊与孤独的具体化。因此舟中杜甫才会留意到除柔橹之外,只有轻鸥和少数友情伴随,而因之感到凄凉了。这是杜甫笔下鸥鸟意象的第三转折。

然而杜甫虽有"转作潇湘游"的打算,中途却在临近瞿唐峡之夔州（四川奉节县）居留了近两年的时光,这段夔府时期（大历元年初夏到大历三年春）是杜甫晚年最后一段安定的岁月,时有田圃柑林,虽无久居之计,且亦有伐木树栅、接筒引水之劳,然园林平居之乐仍足快慰③。不过此期之鸥鸟意象虽一扫前期衰残飘索之气息,却也与成都时期有着明显差异,先观其诗如下：

---

① 两段引文见（清）黄生：《杜工部诗说》,卷七,页383。
② 见（清）仇兆鳌：《杜诗详注》,卷十四,页1229。
③ 有关杜甫夔州时期的生活,可参考方瑜：《杜甫夔州诗析论》,台北:幼狮文化公司。

- 亲知天畔少,药饵峡中无。归楫生衣卧,春鸥洗翅呼。(《寄韦有夏郎中》)
- 晴浴狎鸥分处处,雨随神女下朝朝。(《夔州歌十绝句》之六)
- 珠帘绣柱围黄鹄,锦缆牙樯起白鸥。回首可怜歌舞地,秦中自古帝王州。(《秋兴八首》之六)
- 江浦寒鸥戏,无他亦自饶。却思翻玉羽,随意点青苗。雪暗还须浴,风生一任飘。几群沧海上,清影日萧萧。(《鸥》)
- 年侵频怅望,兴远一萧疏。猿挂时相学,鸥行炯自如。(《瀼西寒望》)
- 巫峡盘涡晓,黔阳贡物秋。篙工幸不溺,俄顷逐轻鸥。(《覆舟二首》之一)
- 鸥鸟镜里来,关山雪边看。(《行官张望补稻畦水归》)
- 樽蚁添相续,沙鸥并一双。(《季秋苏五弟缨江楼夜宴崔十三评事韦少府侄三首》之二)
- 猿捷长难见,鸥轻故不还。无钱从滞客,有镜巧催颜。(《闷》)
- 浦帆晨初发,郊扉冷未开。林疏黄叶坠,野静白鸥来。(《朝二首》之二)
- 暮秋沾物冷,今日过云迟。上马回休出,看鸥坐不移。(《雨四首》之二)
- 楚雨石苔滋,京华消息迟。山寒青兕叫,江晚白鸥饥。(《雨四首》之四)

● 江度寒山阁,城高绝塞楼。……急急能鸣雁,轻轻不下鸥。(《白帝城楼》)

以上十三首居夔以后的作品中,有十首之多是创作于秋冬寒瑟的背景①,鸥鸟意象与秋冬意象的结合所占比例之高更胜以往各期,十分值得注意。首先,除了受到山寒林疏以及朔风雪边的秋冬背景染化外,诗中同时出现的"冷""寒""绝""萧疏""萧萧""烔""静""镜""晚""饥"等带有清冷寒度的字质也透过字句结构间的相互作用,连带改造了鸥鸟的质性,而反映出清冷甚至于饥馑的形象;另外值得注意的是,在同属于安居生活的背景上,草堂时期的鸥鸟所结合的是轻柔的燕子、啭枝的黄鸟和喜归的雁,而夔州此期与鸥鸟并举的,却是高叫的青兕、随主人避雨休出的马、急急的鸣雁和哀声足以令人下泪的猿,相互影响的结果便造成了哀危疑避的意象感受。对杜甫而言,这时的鸥鸟不再是闲居平乐中相亲相近的朋友,洋溢着善意与生机;而是从自野静无声中怀饥而"来",似乎带着诗人未知的企图,必须要密切不移地监看(所谓"看鸥坐不移"者)以求因应的对象,仇兆鳌所谓"回马看鸥,避雨之事"②正隐隐含有此中消息。

而且不仅当前所见之鸥鸟冷寂堪避,连回忆中的歌舞胜地也以鸥鸟来点染其荒凉现状,吴瞻泰注《秋兴》一联曰:"上四字纪其盛,下三字纪其衰,谓昔日之珠帘绣柱,今但围黄鹄而已;昔日之锦

---

① 从诗题或诗中明点暗示之季节风候为据,除前二首及《闷》以外皆是。
② (清)仇兆鳌:《杜诗详注》,卷二十,页1799。

缆牙樯，今但起白鸥而已，平时歌舞之地，化为戎马之场，故曰回首，故曰可怜，一句回抱上文，十分警策。"① 显然此期的杜甫已真正进入到生命沉晦的阶段，安定的生活状态已不再能纾解他在观省自我生命时所生的沉重压力，反而是促进流离艰困中所不能培养的"曲折之内省"的基础。面对"吾衰怯行迈，旅次展崩迫"（《催宗文树鸡栅》）的现况和更未可期的未来，不但成都草堂阶段时时涌现的幽居素心之乐不可复得，取而代之的反倒是一种深度不安全感，这是一种与秦州时期之慎防鸷鸟搏击、霜鹘碎首，和出蜀入夔阶段的飘然无依都不相同的危机意识。投射于诗中，这种带有危机性质的鸥鸟意象便反映出杜甫"晚年内心的不安、怀疑"②，与前面各期正自迥异，也颇能符合"基型论"中秋天所象征的悲剧意义，这是杜诗中鸥鸟意象的又一转折。

大历三年春，五十七岁的杜甫去夔出峡，将三年前"转作潇湘游"的打算付诸实践，以致到五十九岁死前的两年间都过着流寓江潭、以船为家的日子。这时出现有鸥鸟意象的诗有以下数首：

- 鸥鸟牵丝扬，骊龙濯锦纡。落霞沉绿绮，残月坏金枢。
（《大历三年春白帝城放船出瞿唐峡》）
- 济江元自阔，下水不劳牵。风蝶勤依桨，春鸥懒避船。
（《行次古城店泛江作》）
- 纱帽随鸥鸟，扁舟系此亭。江湖深更白，松竹远微青。

---

① （清）吴瞻泰：《杜诗提要》，卷十二，页644—645。
② 〔日〕黑川洋一语，引自方瑜：《杜甫夔州诗析论》，页3。

(《泊松滋江亭》)

● 衰年倾盖晚,费日计舟长。会面思来札,销魂逐去樯。云晴鸥更舞,风逆雁无行。(《冬晚送长孙渐舍人归州》)

这些"牵丝扬""懒避船""晴更舞"的鸥鸟表面上似乎是闲适平静的观照对象,但是对照诗中结合的其他负面意象如落霞残月、江湖深白和风逆无行的雁,则表现出在两种极端间摇摆不定的矛盾现象,显示了日人黑川洋一所指出杜甫晚年诗"不明确,而且相当复杂"①的特性。而最可注意的,是四首诗全都与舟船意象结合②,这清楚显示杜甫依舟流徙的生活现状,和他随水飘浪的意识投射。人与舟已然合一,而鸥又与舟船相随,从诗人对"春鸥懒避船"的观照可知,杜甫对这种舟楫不定的日子已产生顺任的命定观,和不加逃避、不加抗拒(无论是积极的或消极的)的心理倾向,而安于"纱帽随鸥鸟"的命运。安于舟楫的诗人眼中看到的便也是懒避船的春鸥,因此即使在逆风逐浪的扁舟中漂荡江湖,反能培养出赏玩逸趣的余裕,而不再全心耽溺于怀疑、危惧、不平、担忧和自怜之感,这从大历四年在潭州所说的"致君尧舜付公等,早据要路思捐躯"(《暮秋枉裴道州手札率尔遗兴寄递呈苏涣侍御》)之语也可得到互证。此身已矣,只有坦然接受这种挣不开的命运,以往汲汲执着之致君尧舜的理想便托付他人,交棒给下一代的年轻人吧!"白鸥没浩荡,万里谁能驯"的诗人历经种种跌宕曲折,到现在已是随

---

① 〔日〕黑川洋一语,引自方瑜:《杜甫夔州诗析论》,页3。
② 以诗题或诗句所点出为据。

遇而安地"春鸥懒避船"了。

　　这种基于顺认飘荡之命运的命定态度，所反生出的对周遭景物的闲逸之趣的把握，凝塑于鸥鸟意象中，便造成此期有别以往的意象转变。

　　由上文的分析，可以发现杜甫诗中的鸥鸟意象表现确与诗人之生活状态和自觉意识密切相关，其中六个阶段的转折正和他六个主要生命段落若合符契。这个杜诗中持续而复杂曲折的主题意象正代表了诗人一生的缩影，因此对鸥鸟意象的认识可说是掌握杜甫生命演变历程的一条线索。下面以简图将上文所论鸥鸟意象六个阶段的转变作一概要的呈示：

生命阶段	代表诗句	主要结合意象
长安时期	白鸥没浩荡，万里谁能驯	万里大海
秦州时期	浦鸥防碎首，霜鹘不空拳	鸳鸟、霜鹘、罝中兔、冻馁
成都草堂时期	相亲相近水中鸥 轻摇逐浪鸥	春天、燕子
去蜀入夔时期	飘飘何所似，天地一沙鸥	独舟、老病衰残
夔州时期	野静白鸥来 江晚白鸥饥	秋冬、猿、兕
湘潭时期	纱帽随鸥鸟 春鸥懒避船	舟船

　　将此图所显示的意象内涵与六朝作一对照，其间由简而繁之迹宛然可见，也足以证明杜甫促进和扩大意象的塑造之功。

第二节　大鲸意象——存在意向与创作理想的具体化

"鲸"之意象在文学史中并不是诗人文学家经常处理的题材,但在杜甫集中却一共出现有十六次之多,超过六朝同类数目之总和;且这十六首蕴含鲸之意象的诗作,在时间涵盖面中绵延了诗人一生,其间并不断持续出现,少有中断,不但是透露诗人精神志气之凭借,尤其重要的是我们据以了解杜甫诗论的一条线索。因此,本节要就历代鲸之意象运用,及杜甫诗作的运用内涵来进行探讨。

《庄子·逍遥游》曰:"北冥有鱼,其名为鲲。鲲之大,不知其几千里也。化而为鸟,其名为鹏。"崔譔、简文之训解并云鲲当为鲸。若此,则文学史中最早出现鲸之意象者,此处即为其一;唯郭庆藩已辩其非,谓鲲乃大鱼之名,与鲸无关,崔譔、简文之说皆失之[①],因此,我们在探讨杜诗中鲸之意象之前,必须另寻源流,以作为比较之基础。

《左传·宣公十二年》记载:"古者明王伐不敬,取其鲸鲵而封之,以为大戮。"杜预注曰:"鲸鲵,大鱼名,以喻不义之人吞食小国。"[②]此处的鲸是一种纯然负面的象征,其不义之喻也塑造了鲸意象表达上内涵的一个侧面,不但汉朝李陵《答苏武书》所言"上念老

---

① 见(清)郭庆藩:《庄子集释》,台北:汉京文化公司,页3。
② 《十三经注疏》册六,台北:艺文印书馆,页398。

母,临年被戮;妻子无辜,并为鲸鲵"①直接继承此一典故,以鲸吞喻无辜妻子为不义所害,并且直接影响到杜甫对鲸之意象的运用角度,成为杜诗中鲸之意象的主要源头之一。降至(东汉)六朝,赋体文学大兴,投入此种"体物而浏亮"②之文体的创作者颇有其人,作品中涉及鲸鱼者更机率大增,如张衡《西京赋》的"海若游于玄渚,鲸鱼失流而蹉跎"③,左思《吴都赋》的"长鲸吞航,修鲵吐浪,跃龙腾蛇"和"徽鲸背中于群犗,挽抢暴出而相属"④,而木华(字玄虚)所作的《海赋》更对鲸鱼气魄之浩大、声势之骇人有着极夸张而生动的描绘:

> 鱼则横海之鲸,突扤孤游,戛岩嶅,偃高涛,茹鳞甲,吞龙舟,噏波则洪连踧踖,吹涝则百川倒流;或乃蹭蹬穷波,陆死盐田,巨鳞插云,鬐鬣刺天,颅骨成岳,流膏为渊。⑤

这样的鲸不但没有丝毫不义之意,反而以其横海吞舟、插云刺天的突兀气势,被藉以为形容京都或大海之雄伟磅礴的衬托,其势愈壮观,京都大海之气魄在烘托比较下也愈惊人。这种极力体物、夸笔

---

① 见(梁)昭明太子萧统撰,(唐)李善等注:《增补六臣注文选》,台北:华正书局,页757。
② (晋)陆机:《文赋》语,见(梁)昭明太子萧统撰,(唐)李善等注:《增补六臣注文选》,台北:华正书局,页310。
③ 见(梁)昭明太子萧统撰,(唐)李善等注:《增补六臣注文选》,页49。
④ 见(梁)昭明太子萧统撰,(唐)李善等注:《增补六臣注文选》,两段各见页100、页112。
⑤ 见(梁)昭明太子萧统撰,(唐)李善等注:《增补六臣注文选》,页233。

描摹的方式使"气势的展示"成为赋体中鲸之意象的主要内容,构成了杜诗中同一意象运用的另一重要源头,可作为了解杜诗意象的参考背景。

六朝除赋体外,诗歌体中也出现过鲸鱼的意象,在这些极少数的例子中,陶渊明《命子诗》继承了"不义之鲸"的用法,曰:"凤隐于林,幽人在丘。逸虬绕云,奔鲸骇流。"感叹不义横行、正人幽隐,意象鲜明,谢朓《和王著作融八公山诗》之"长蛇固能翦,奔鲸自此曝"更以之类喻五胡乱华;另外,于梁简文帝《咏烟》的"欲持翡翠色,时吐鲸鱼灯"和陈江总《杂曲三首》之三的"鲸灯落花殊未尽,虬水银箭莫相催"①中,鲸则以灯的造型出现,只是一般的形象而无人文上的象喻意义。值得注意的是,在此之外,用到鲸鱼意象者绝大多数为石鲸,如梁朝刘孝威《奉和六月壬午应令诗》的"筑山图碣岫,穿池控海潮。雷奔石鲸动,水阔牵牛遥"、隋元行恭《秋游昆明池诗》的"池鲸隐旧石,岸菊聚新金"、虞世基《赋昆明池一物得织女石诗》的"支机就鲸石,拂镜取池灰"②和任希古《昆明池应制》诗的"回眺牵牛渚,激赏镂鲸川"③等皆是,入诗之石鲸都取资于晋葛洪《西京杂记》所述汉武帝凿昆明池刻石为鲸的故事④,但直袭其意,寓目则书,语意新巧,却深思不足;此外,南朝为数众多的咏物诗中也难得地出现一首咏鲸诗,这唯一一首是陈代周弘正的《咏石

---

① 以上三首分见逯钦立辑校:《先秦汉魏晋南北朝诗》,页970、页1957、页2574。
② 见逯钦立辑校:《先秦汉魏晋南北朝诗》,分见页1877、页2654、页2713。
③ 引自(清)仇兆鳌:《杜诗详注》,卷十七,页1496。
④ 故事曰:"昆明池刻玉石为鲸鱼,每至雷雨,鲸常鸣吼,鬐尾皆动,汉世祭之以祈雨,往往有验。"又《西都赋》注:"武帝凿昆明池,于左右作牵牛织女,以象天河。"是为石鲸意象之所本。引自叶嘉莹:《杜甫秋兴八首集说》,台北:编译馆,页369。

鲸应诏诗》：

> 石鲸何壮丽，独在天池阴。骞鳍类横海，半出似浮深。
> 吞舡本无日，吐浪亦难寻。圣帝游灵沼，能怀跃藻心。①

此诗以鲸无奈为石质的悲心出发，从旧典中翻出新意，将石鲸徒有壮丽外观，却吞舡无日、吐浪难寻，连浮水潜深之本能亦被剥夺的悲哀表达得极为感人，其"类"字"似"字含有多少似真而实幻的失望之意，可以说是一首深带移情作用的咏鲸佳作。值得注意的是，各诗吟咏的多是鲸灯、石鲸等人造物，与赋体所铺排夸扬的海鲸各属两类，追究其故，应是不同体裁各有不同闻见焦点的自然限制使然；而综合两类观之，除少数诗例如周弘正《咏石鲸应诏诗》外，大多是出于一种站在物象距离之外的客观描述态度所塑造，因而较不能引发饱满的象喻意味。原本诗歌创作的美感经验里，心物之间也须维持一"心理的距离"（psychical distance），以使物我关系能超脱现实的利害计较，而能产生美感欣赏的观照；然若在此一"心理的距离"形成时，主观情感的投入却又不足以融入对象之中，使之经由心灵综合作用而化为饱和的意象，则此物象仍只是一客观外物而已，并不能打动人心；②以上所论鲸鱼意象表现不足的地方，可以说就是"有适当距离而无深厚感情"。

---

① 见逯钦立辑校：《先秦汉魏晋南北朝诗》，册下，页2463。
② 有关"心理的距离"之阐释，详参朱光潜：《文艺心理学》第二章，台北：台湾开明书店。

另外，我们也可以注意到，六朝诗中运用的鲸鱼意象总数并不多，个别看来，又为各家集中孤例，显然此一意象并未受到诗人的充分注意。到了杜甫手中，不但综合了上文所言种种不同的对象（石鲸、海鲸）和意涵（不义之喻、雄伟之气势），且后出转精，为鲸之意象充实了更丰富的层次和内容，足以作为探寻诗人多方意向的根据。杜集中与鲸之意象有关的十六首诗作，前后间含义互见、喻意杂出，为便于掌握起见，兹依其内容指涉归为三类来进行讨论。

第一类是属于南朝鲸之意象主流的石鲸意象，出现于杜诗中只有一处；但虽仅有一例，却对石鲸意象之塑造有极为超越的成就。夔州时所作《秋兴八首》之七云：

　　昆明池水汉时功,武帝旌旗在眼中。织女机丝虚夜月,石鲸鳞甲动秋风。
　　波漂菰米沉云黑,露冷莲房坠粉红。关塞极天唯鸟道,江湖满地一渔翁。

心眼中仿佛可见的汉武旌旗盛功浩伟之景,于诗人的深沉观照中,逐渐抽离现实之轮廓,终而泯灭今昔,化出一片荒凉凄清之虚象,在秋风夜月和漂、沉、坠、冷、黑、红、虚等字质交织作用而成的寥落荒蔓中,自生隐隐欲出的动荡危疑之感;尤其沉沉黑夜里似有危机四伏,连亘古不移之石鲸也为秋风所撼动而鳞甲欲掀,此一幻觉正足以显发观照者强烈不安的心绪。叶嘉莹先生说："织女句自有一片摇荡凄凉机丝徒具之悲,石鲸句自有一片摇荡不安鳞甲欲动之感,非唯状昆明之景生动真切,更复有无限伤时念乱之感,而于政之无望,时之不靖,种种感慨,皆借此意象传出,写实而超乎现实之外。"①又说:"以意象渲染出一种境界,于是织女石鲸乃不复为实物,而化成为一种感情之意象了。"②这种不为现实所拘限的表达,较之六朝石鲸意象,不但使石鲸复活而生动逼真,深深彻入一股内在心灵与情感强大力量,而且内容上沟通今昔,意旨更为丰实凝炼、涵厚沉郁,远非前此者所能比拟,在诗歌传统中,正是一种高度之超越与开拓。

第二类是比喻天宝年间颠覆大唐江山几近亡国的安史之乱造反叛变的意象,诗中出现者凡四处:

● 威凤高其翔,长鲸吞九州。地轴为之翻,百川皆乱流。(《晦日寻崔戢李封》)

● 燕蓟奔封豕,周秦触骇鲸。中原何惨黩,遗孽尚纵横。(《奉送郭中丞充陇右节度使》)

● 妖氛拥白马,元帅待琱戈。莫守邺城下,斩鲸辽海波。(《观兵》)

● 公时呵獩貊,首唱却鲸鱼。势慑宗萧相,材非一范睢。(《秋日荆南送石首薛明府辞满告别奉寄薛尚书颂德叙怀斐然之作三十韵》)

---

① 见叶嘉莹:《杜甫秋兴八首集说》,页379—380。
② 见叶嘉莹:《迦陵谈诗》,页117。

安史之乱首尾凡八年（玄宗天宝十四年至代宗广德元年），初起不久，半壁天下便望风瓦解，京师震动，不但玄宗弃京入蜀，太子北行；乱平后大唐国势也即颓败不起，殷忧踵继，命脉衰危。① 杜甫诗中以鲸比之，所谓鲸吞九州，地翻而百川乱流之描述，将攸关国运的历史事实化为诗歌意象，不但极具凝缩之效，使历史事件之复杂得到概括性的点明，其象喻效果也使之脱去说理性质，而具有诗歌艺术的感人力量，因此此类鲸之意象比较其《左传》和李陵书的源头，和陶渊明"奔鲸骇流"之描述，更加深了气势表达的耸动性和对其不义之深重的感受；再则"斩鲸""却鲸"之词也在鲸本已浩大之气势上翻上一层，突显了杜甫一意斩除不义之磅礴壮心，气势之上再增气势，手笔之大前人莫比。这是鲸结合不义之意最生动的表现。

第三类是杜甫鲸之意象表现最主要的内涵，充分展现了诗人的生命意向与创作理想，就后者而言，尤其是杜诗中丰富的意象群里最值得探究的主题之一。先就展现诗人的生命意向而言，《自京赴奉先县咏怀五百字》有极完整的表达：

> 杜陵有布衣，老大意转拙，许身一何愚，窃比稷与契。……
> 顾惟蝼蚁辈，但自求其穴。胡为慕大鲸，辄拟偃溟渤？
> 以兹悟生理，独耻事干谒，兀兀遂至今，忍为尘埃没。

---

① 详参新、旧两部《唐书》，及吕思勉《隋唐五代史》四、五两章，后者为台北：里仁书局出版。

诗作于玄宗天宝十四年安禄山叛变前夕,全诗"不仅将沿途所历与自己客居长安十年来之感遇作一总检讨……同时也写出杜甫内心对君国去就之矛盾"①。在去就矛盾中,显然杜甫是深耻如蝼蚁般自求其穴的干谒之辈,而选择现实上兀兀为尘埃所没,操守上却不逆己志的理想,这个遥比稷、契以天下百姓为襟怀的生命,有着最宽大厚实一如溟渤的内涵,只有大鲸才能涵摄包容进去;所谓"以兹悟生理"即是诗人了悟、肯定这个超脱世俗自利、以天下为怀的道路②,也就是由鲸偃溟渤之意象所体现的志向。这个志向在长安时期虽然已抑郁不偿,却仍不失壮厉之意气。

但经历数年漂泊天地之磨折后,虽忧国怀民之心不减反深,然以登要路津来完成志业的从政方式却已不为诗人想望了。广德二年流寓成都时所作的《太子张舍人遗织成褥段》中的鲸,便透露此一讯息:

客从西北来,遗我翠织成。开缄风涛涌,中有掉尾鲸。……
领客珍重意,顾我非公卿。留之惧不祥,施之混柴荆。……
锦鲸卷还客,始觉心和平。振我粗席尘,愧客茹藜羹。

这匹织鲸的贵重褥段带给幽居草堂的杜甫一阵不平静。掉尾于汹涌风涛中的鲸气势惊人,其所在的锦段织成更是贵重,对于田舍短

---

① 见刘孟伉主编:《杜甫年谱》,页70。
② "以兹悟生理"的"悟"字,杨伦《杜诗镜铨》本作"误",可释为:"因此而耽误生理,却仍耻于从事干谒。"则更显出杜甫去就之矛盾彷徨,也更反衬其"慕大鲸"之理想的坚持,可为参考。

褐的诗人而言似乎是十分不称的，其后遂以"服饰定尊卑"的理由卷锦还客，以免逾越等分而招致不祥之祸，并藉以讽喻严武镇蜀奢侈之作为①。然而从"始觉心和平"和"愧客茹藜羹"之语，也隐隐反映出杜甫"还鲸"之举带有安于闲野现状，不汲汲于政治实践的象喻意味，而长安时期的鲸所代表的积极进取，至此成都草堂时期似乎已退由轻鸥之闲淡自安所取代（此点可参前一节之论析），消长之迹十分明显。降及大历三年，杜甫再度放弃夔州安定岁月，开始出峡萍居江湖，鲸之意象又有不同转变。诗有三首，其一为《舟出江陵南浦奉寄郑少尹审》，诗云：

> 更欲投何处，飘然去此都。形骸元土木，舟楫复江湖。……溟涨鲸波动，衡阳雁影徂。南征问悬榻，东逝想乘桴。

王嗣奭曰："因雁影而问南征，因鲸波而想东逝，时尚未定所往，正应起句。"②浦起龙也说："'溟涨'四句，引到所往之处。本只之公安也，而曰随雁'南征'，复想骑鲸'东逝'，所谓心摇摇如悬旌，正上文'万国尽穷途'意也。"③五十七岁的杜甫，日薄西山又前程茫然，踌躇于南征或东逝之抉择，这时所见之鲸波非但已无壮心大志之寓托，亦复无闲居和平之安然，反而以其溟涨之势进一步强化舟楫所在之江湖的广漫无向，并反衬雁影之孤渺，与其欲投无处的徘

---

① 此讽喻之说，详见仇兆鳌及钱谦益等注解。
② 见(明)王嗣奭撰，曹树铭增校：《杜臆增校》，卷十，页597。
③ 见(清)浦起龙：《读杜心解》，台北：鼎文书局，页800。

徊之感。另外在《别张十三建封》诗中曰:"范云堪结友,嵇绍自不孤。择材征南幕,潮落回鲸鱼。"以潮落鲸回比喻张建封之北归①,颇有寥落之意;又《送重表侄王砅评事使南海》诗云:"我欲就丹砂,跋涉觉身劳。安能陷粪土,有志乘鲸鳌。或骖鸾腾天,聊作鹤鸣皋。"指出自己虽有志于到南海丹砂一偿乘鲸之志,但身劳不耐跋涉,终于"不能乘鳌骖鸾,但作鸣鹤以吐意耳"②,着一"聊"字更显出杜甫无奈、退让之心绪。总合起来,与前面两个阶段合并观之,杜甫在鲸之意象中所透显的是自己从经世济民的现实政治冀求上逐步飘离的生命轨迹,由长安时期慕大鲸、偃溟渤的壮怀厉气、猛志横逸,到成都时期卷鲸还客而心觉和平,再到出夔入峡为溟涨鲸波所惑以及乘鲸之志不遂,所谓"忧世心力弱"(《西阁曝日》)的最后阶段,杜甫忧世伤民之心仍深仍切,但已渐从政治实践之意图退缩,配合前后对溟渤、溟涨等盛大水势之不同态度,都足以勾画其面对世界的意向转变,若再结合前一节所论鸥鸟意象的表现,此迹当更为显著。

另外,杜甫又以鲸之意象来体现对特定才性之雄大表现的感受,如其称摹李适之豪量纵饮之容态为"长鲸吸百川":

> 左相日兴费万钱,饮如长鲸吸百川,衔杯乐圣称避贤。(《饮中八仙歌》)

---

① 此一解释参(清)仇兆鳌:《杜诗详注》,卷二十三,页2011。
② (清)仇兆鳌:《杜诗详注》,卷二十三,页2047。

又赞叹张垍、王直之才力雄大有如鲸破沧溟：

> ● 翰林逼华盖，鲸力破沧溟。……赋诗拾翠殿，佐酒望云亭。紫诰仍兼绾，黄麻似六经。(《赠翰林张四学士垍》)
> ● 王郎酒酣拔剑斫地歌莫哀，我能拔尔抑塞磊落之奇才。豫章翻风白日动，鲸鱼跋浪沧溟开。(《短歌行赠王郎司直》)

浦起龙注第一首诗曰："一言官高而亲，二言才雄而显。"①对照下面"紫诰"一联，可知其才在于"优文翰也"②，正合于《旧唐书》所称"均、垍俱能文"③之说，二人才力磊落喷薄，足以冲出沧溟一词所指谓的高杳广漠之笼罩，尤其第二首在最前面两句二十二字一气不歇地纵贯推激之下，鲸鱼跋浪之气势更如破竹般获得加强，其才力之雄厚也更加鲜明可感。

就才性展现于诗歌创作而言，"鲸"也是我们了解杜甫诗观的一条线索。他认为诗的内容要丰富，方法要兼综博采，如鲸吸百川、纳万物一般；诗又要作得气势雄浑，才力迫人，有鲸吞波摧舟之势；以下两首诗就是这种诗观之形象表达：

> ● 才力应难跨数公，凡今谁是出群雄。或看翡翠兰苕上，未掣鲸鱼碧海中。(《戏为六绝句》之四)

---

① 见(清)浦起龙：《读杜心解》，卷五之一，页690。
② (清)仇兆鳌：《杜诗详注》，卷二，页99。
③ 见《旧唐书》列传卷四七，台北：鼎文书局，页3057。

● 慷慨嗣真作,咨嗟玉山桂。钟律俨高悬,鲲鲸喷迢递。(《八哀诗·赠秘书监江夏李公邕》)

前一首借四种物象来提出有关创作态度或方法的意见,钱谦益注云:"'凡今谁是出群雄',公所以自命也。兰苕翡翠,指当时研揣声病、寻摘章句之徒,鲸鱼碧海,则所谓浑涵汪洋、千汇万状,兼古人而有之者也。"[①]正指出杜甫以掣鲸之意象传达一种兼容并包、广纳万川的创作观点。碧海浩瀚无垠,罗藏无数,能掩其溟漠,纵游不羁者,唯鲸足以当之;而当其纵适于烟波浩荡中时,气势是喷薄雄大的,后一首杨伦引赵注曰:"钟律比声之和雅,鲲鲸比势之雄壮。"[②]可见除了广纳博涉之外,气势雄伟也是杜甫诗观重要的一面。于此更当说明的是,唯其广纳万川,不择细流,故亦不排拒研揣声律之作法,此观"或看翡翠兰苕上"的"或看"二字可证;而在其能博能精的才力胸怀下,不但不排拒声律,甚且努力发扬,一方面将"诗之严者"的律体在个人创作中发挥到成熟的巅峰,一方面也是赞赏他人的标准之一,此视"钟律俨高悬"之称许可知。这种广而能深细、大而能不遗,在广吸博纳的同时亦无碍于诗律精密,在格律拘限中仍能喷薄纵横的表现,正是所谓"兼人人所长"的真切内容。此一雄浑、广包的诗观在杜甫其他诗中也有明白的呼应,如:

---

① 见《钱牧斋先生笺注杜诗》,卷十二,页794。
② 见《杜诗镜铨》,卷十四,页686。

- 若人才思阔,溟涨浸绝岛。(《送长孙九侍御赴武威判官》)
- 诗尽人间兴,兼须入海求。(《西阁二首》之二)
- 说诗能累夜,醉酒或连朝。藻翰唯牵率,湖山合动摇。(《奉赠卢五丈参谋琚》)

第一首诗中海的溟阔被比为人的思力诗才,第二首指出为穷尽人间丰富多样的兴味,就须纵身入海、穷尽思力搜求始能得之,这是杜甫明示作诗方法务须兼博的这一面而言。胡震亨曾指出:"非深于搜索者,无此想头。李克恭《吊孟郊诗》'海底也应搜得尽'正祖此意。"①另外张戒《岁寒堂诗话》对这种深于搜求之方法更有很具体的说明:

> 王介甫只知巧语之为诗,而不知拙语亦诗也。山谷只知奇语之为诗,而不知常语亦诗也。……李义山诗只知有金玉龙凤,杜牧之诗只知有绮罗脂粉,李长吉诗只知有花草蜂蝶,而不知世间一切皆诗也。惟杜子美则不然,在山林则山林,在廊庙则廊庙,遇巧则巧,遇拙则拙,遇奇则奇,遇俗则俗,或放或收,或新或旧,一切物,一切事,一切意,无非诗者。故曰"吟多意有余",又曰"诗尽人间兴",诚哉是言。②

这种搜罗一切物、一切事、一切意的作诗法度,也直接决定内容的

---

① 见《唐音癸签》,卷十一,台北:木铎出版社,页109。
② 见(清)丁福保辑:《历代诗话续编》,页464。

博大富赡和思力的雄浑峻健,表现出来的诗歌效果也就如海凌绝岛,力足以动摇湖山,这正与"鲲鲸喷迢递"之意象感受焕然相符;其他如"毫发无遗憾,波澜独老成"(《敬赠郑谏议十韵》)、"意惬关飞动,篇终接混茫"(《寄彭州高三十五使君适虢州岑二十七长史参三十韵》)、"赋诗宾客间,挥洒动八垠"(《寄薛三郎中璩》)等,也莫不可由鲸之意象来加以贯连体现,因此,王安石说:"诗人各有所得,'清水出芙蓉,天然去雕饰',此李白所得也。'或看翡翠兰苕上,未掣鲸鱼碧海中',此老杜所得也。"①便是以掣鲸意象来总括杜甫诗歌的整体风格。较之盛唐另一大家李白诗中的鲸,如"楼船若鲸飞,波荡落星湾"②,其意味仍属飘洒飞扬之感,与杜作的沉厚雄浑大不相同,因此可以说,"鲸"是杜甫用以体现这种方法上兼综博采、气势上雄浑伟壮两方面之诗观,且足以总括其创作之自许与实践后产生之整体风格的最主要意象。

总结本节,可以发现杜甫诗中的"鲸"在一贯中有着复杂而丰富的内容。一贯的是对"才雄势大"之一种大生命的充分体现,复杂丰富的则是在境界的提升,和层面或角度的扩大。境界的提升如石鲸、不义之喻所表现者,层面或角度的扩大如个人生命意向与创作观点之投射,比较六朝诗中的鲸鱼形象,杜甫经营之刻意与寄意之深微十分明显,因而也对传统做了更大的突破和开拓,这也足以为肯定杜甫在意象发展史上之高度地位的一证。

---

① (宋)胡仔:《苕溪渔隐丛话》引,台北:长安出版社,页30。
② 其《豫章行》诗句。李白诗中鲸之意象出现次数也甚众,约有三十三次之多(据北京现代出版社《全唐诗索引·李白卷》所统计),远胜过杜甫,是盛唐两大诗人一个值得注意的现象。

第三节　鸷鸟意象——快意豪烈的侠义追求

"鸷鸟"(包括鹰、鵰、隼、鹘等猛禽)在杜甫诗中也是一个持续而鲜明的意象,不但姿态如生,性格突出,而且传达了杜甫个性上强烈的一面,带有深刻的象喻意义,足以让我们了解杜甫在一般为人认识的性情之外,鲜少被人触及的激烈快意的一面,是值得探索的意象主题之一。

在杜甫以前的诗人手中,鸷鸟并不常被用来作为诗歌意象处理的重点。以鹰为例,虽然有所应用,但数量颇少,不但不及鸥鸟出现次数,且更为零出散见,缺乏整体意念的塑造;而在南朝大量的咏物诗中,也只有一首标题为咏鹰的作品,远不及杜甫个人所作之数。反而在赋文中成为作者极力描摹的对象,如魏彦深、傅玄、孙楚都有《鹰赋》传世,其中鹰的外貌行动都被刻画得极为逼真,部分状词甚至为杜甫所袭用。

首先,《诗经·小雅》中《采芑》和《沔水》两篇都提到过飞隼:

- 鴥彼飞隼,其飞戾天,亦集爰止。(《采芑》)
- 沔彼流水,朝宗于海。鴥彼飞隼,载飞载止。嗟我兄弟,邦人诸友。莫肯念乱,谁无父母!(《沔水》)

鴥者,疾飞貌[①]。朱熹注《采芑》篇曰:"言隼飞戾天,而亦集于所

[①] 见屈万里:《诗经释义》,台北:中国文化大学出版部,页225。

止,以兴师众之盛,而进退有节。"①注《沔水》篇曰:"此忧乱之诗。言流水犹朝宗于海,飞隼犹或有所止,而我之兄弟诸友乃无肯念乱者。谁独无父母乎?乱则忧或及之,是岂可以不念哉!"②隼为猛禽,飞可戾天,其翔远至,是纵横天空的霸主,而两诗都从它终有停栖休止之时的这一点来加以把握,或兴发师出进退有节,或比喻忧乱止息有时,重点并不在对隼的形象描写,我们对隼的意象感受也仅在疾飞而有止栖的这一面。

其后有汉代李陵《送别诗二十一首》之八曰:

有鸟西南飞,熠熠似苍鹰。朝发天北隅,暮闻日南陵。
欲寄一言去,托之笺彩缯。因风附轻翼,以遗心蕴蒸。③

这里的"鹰"只是某一种鸟的拟似对象,所取者乃其熠熠之态,与朝发夕至的神力、附翼传信的功能并无关系;同时其熠熠之状究竟如何,又未有艺术上之塑造,严格说来,并称不上意象的表现。晋朝张华的长诗《游猎篇》有句曰:

岁暮凝霜结,坚冰沍幽泉。厉风荡原隰,浮云蔽昊天。……
鹰隼始击鸷,虞人献时鲜。严驾鸣俦侣,揽辔过中田。

---

① 见(宋)朱熹:《诗集传》,页464。
② 见(宋)朱熹:《诗集传》,页479。
③ 见逯钦立辑校:《先秦汉魏晋南北朝诗》册上,页339。

其后南朝诗中出现鹰之意象者,有鲍照《代东武吟》和江淹《渡泉峤出诸山之顶》诗:

- 昔如鞲上鹰,今似槛中猿。徒结千载恨,空负百年怨。([宋]鲍照《代东武吟》)
- 岑崟蔽日月,左右信艰哉。万壑共驰骛,百谷争往来。鹰隼既厉翼,蛟鱼亦曝鳃。崩壁迭枕卧,崭石屡盘回。([梁]江淹《渡泉峤出诸山之顶》)①

另外庾信则是六朝中较常写鹰的诗人,出现鹰意象的诗有《寒园即目》诗:

子月泉心动,阳爻地气舒。雪花深数尺,冰床厚尺余。
苍鹰斜望雉,白鹭下看鱼。更想东都外,群公别二疏。

又有《冬狩行四韵连句应诏》诗:

观兵细柳城,校猎长杨苑。惊雉逐鹰飞,腾猿看箭转。②

---

① 见逯钦立辑校:《先秦汉魏晋南北朝诗》,三首分见页613、页1261、页1559。
② 见逯钦立辑校:《先秦汉魏晋南北朝诗》,二首分见页2377、页2388。另庾信《奉和永丰殿下言志十首》之九有"野鹤能自猎"句,注杜各家如《景印宋本新刊校定集注杜诗》卷三一和仇兆鳌《杜诗详注》卷十八注《见王监兵马使说近山有白黑二鹰罗者久取竟未能得王以为毛骨有异他鹰恐腊后春生骞飞避暖劲翮思秋之甚眇不可见请余赋诗二首》之一时皆引作"野鹰能自猎"。本文从"野鹤"句,此处不收,附志备考。"野鹤"句参《庾子山集注》,页345;及《先秦汉魏晋南北朝诗》,页2390。

从这些诗中我们可以看出,鹰作为一种猎禽,乃是自然界刚猛壮厉的存在物,诗人塑造它时,或者与艰绝险要的山壑地理及冰寒季候,互相映衬成一幅卓拔的画面;或者在校猎的场景中担任搏击猎物的前锋,添加一股紧张奔忙的气氛。其中"鹰隼既厉翼"和"苍鹰斜望雉"的姿态,已刻画得颇为生动,能传达一股矫险之气;不过整个说来,鹰仍是诗人描摹某一客观场面时,为突显阳刚猛厉之感而选择的媒介。鲍照的"昔如韝上鹰"则以被驯养助猎的韝上鹰自比往日的昂藏英爽,来作为现前束缚受困的对照,形象较不鲜明。此外,南朝唯一一首专门咏鹰的诗乃是隋炀帝杨广的《咏鹰》诗:

> 迁朔欲之衡,忽投尉罗里。既以羁华绊,仍持献君子。
> 青骹固绝俦,素羽诚难拟。深目表兹称,阔臆斯为美。
> 惊兽不及奔,猜禽无暇起。虽蒙韝上荣,无复凌云志。①

前二联说明一只鹰遭受罗网羁绊、为人持献君子的经过,中三联形容其青骹素羽、深目阔臆的英姿及逐猎兽禽的迅疾,末联言其为人驯养、无复云霄之志的结果。全诗读来不论是仅为客观陈述,抑或另有托喻之意,就整体而言,可说只表现出对鹰生态上如外貌习性等的一般性观察,并称不上刻画深微、精神毕现;其中"青骹""深目""阔

---

① 见逯钦立辑校:《先秦汉魏晋南北朝诗》,页2671。

臆"等词乃袭用晋傅玄《鹰赋》的用语①,所谓"固绝俦""诚难拟"尤其是抽象的形容,难以引发鲜明的感受;其托意似也较为板实,不够灵动遥深,就意象塑造来说,可谓尚未达到鲜明突出的境界。

在杜甫手中,鹰的意象塑造就到达一个新的境地,一如本节一开始所说;先就数量而言,共有《画鹰》《义鹘行》《画鹘行》《姜楚公画角鹰歌》《杨监又出画鹰十二扇》《王兵马使二角鹰》《见王监兵马使说近山有白黑二鹰二首》《呀鹘行》等多首专题咏鸷鸟诗,其他诗中散见的鸷鸟就更不止此数,这些都超过前人的总和;在写作年代上,从壮年时期到衰暮时期也都持续分布着。就艺术创造方面,鸷鸟的精神气蕴和姿态形容都有鲜活绝妙的表现,其象喻意味尤其反映了杜甫某一面的性格,这种性格贯连在各首咏鹰诗中,是杜甫诗集中十分一贯的意象表现。以下我们先分析最早的一首咏鹰诗作,其后再总观各诗意象特色,并与杜甫性格连系比看,探讨诗人塑造此一意象的意义所在。此即开元二十九年间所作的《画鹰》一诗:

> 素练风霜起,苍鹰画作殊。攫身思狡兔,侧目似愁胡。
> 绦旋光堪摘,轩楹势可呼。何当击凡鸟,毛血洒平芜。

对这首诗前人已有不少深入的抉发,如张孝祥说:"首联倒插,言鹰

---

① 《鹰赋》谓:"其为相也,疏尾阔臆,高髻秃颅,深目蛾眉,状似愁胡。……鞲青骹、戏田畴、萦深谷、绕山丘……"见(明)张溥编:《汉魏六朝百三家集》册五,台北:新兴书局,页226。

之威猛,如挟风霜而起也。"①指出杜甫运用倒句法将"结果句"提在"原因句"之前,先带给读者一种感官上的戟刺力,而慑于素练上挟风霜而起的威猛之势,再说明造势者乃一幅画鹰之作,来呼应题目,并点醒读者,结构和语意都新颖而突出。接下去的二联极力摹写鹰的神态,"曰攫、曰侧,摹鹰之状。曰摘、曰呼,绘鹰之神"②。其攫身侧目之状,较庾信"苍鹰斜望雉"更有专注苍厉之气,直接强化其呼之欲出的可能;而既然此鹰鲜活得仿佛将解下系足之绦旋,自轩楹应呼而起,杜甫就将击恶的愿望托付给它,希望它化为真鹰,"何当击凡鸟,毛血洒平芜",实现杜甫所冀求的人间正义。我们可以看到全诗四联的结构是紧紧钩连的,一联和一联之间都有画鹰逐渐真实化的倾向,并不只是如仇兆鳌所说"末又从画鹰想出真鹰"③而已;全诗一步一步将画作上的鹰推向现实的鹰,又从现实的鹰推升到寄寓诗人情志理想的象喻境界,语脉紧密,寄意深远。清沈德潜《说诗晬语》卷下所说"(杜甫)题画马、画鹰,必说到真马、真鹰,复从真马、真鹰开出议论,后人可以为式"④,正是指这个脉络而言。其实在题画鹰诗之外的咏鹰作品中,也都循着这个结构来发展,只是少去由画鹰到真鹰的这一段步骤而已。这是杜甫在塑造鸷鸟意象的一大特点:从写物摹神到象喻的境界。而不论是摹物写神之

---

① (清)仇兆鳌:《杜诗详注》,卷一引,页19。
② (清)仇兆鳌:《杜诗详注》,卷一,页19。
③ (清)仇兆鳌:《杜诗详注》,卷一,页19。
④ 见(清)沈德潜著,苏文擢诠评:《说诗晬语诠评》,台北:文史哲出版社,页479。另冒春荣:《葚原诗说》卷二亦收有此条,见郭绍虞辑:《清诗话续编》,页1596。附志备考。

突出或象喻寄意之深远,都十分引人注目,以下分项述之。

就摹物写神的表现而言,王渔洋《蚕尾集》曾云:"杜子美始创为画松、画马、画鹰诸大篇,搜奇抉奥,笔补造化。"①除了前引《画鹰》诗之外,试观诗例如下:

- 高堂见生鹘,飒爽动秋骨。初惊无拘挛,何得立突兀。……侧脑看青霄,宁为众禽没。长翮如刀剑,人寰可超越。(《画鹘行》)
- 楚公画鹰鹰带角,杀气森森到幽朔。(《姜楚公画角鹰歌》)
- 悲台萧瑟石巃嵸,哀壑杈丫浩呼汹。中有万里之长江,回风滔日孤光动。角鹰倒翻壮士臂,将军玉帐轩翠气。二鹰猛脑绦徐坠,目如愁胡视天地。(《王兵马使二角鹰》)
- 雪飞玉立尽清秋,不惜奇毛恣远游。(《见王监兵马使说近山有白黑二鹰罗者久取竟未能得王以为毛骨有异他鹰恐腊后春生骞飞避暖劲翮思秋之甚眇不可见请余赋诗二首》之一)
- 正翮抟风超紫塞,玄冬几夜宿阳台。万里寒空只一日,金眸玉爪不凡材。(《见王监兵马使说近山有白黑二鹰罗者久取竟未能得王以为毛骨有异他鹰恐腊后春生骞飞避暖劲翮思秋之甚眇不可见请余赋诗二首》之二)

数诗一路读来,恍见长翮如剑,金眸玉爪,其搜身侧目、奇骨森立之状如在目前;又屡用"秋"字形容鸷鸟气骨,尤能传达其飒爽勃发之

---

① 引自徐复观:《中国艺术精神》,台北:台湾学生书局,页259。

感。这些写物摹状的笔触都较前人工细传神得多,观察力和技巧表达都有长足的进步,即使是转用自六朝《鹰赋》的语词如"侧目""愁胡"等①,也都经由整体诗作的塑造,而有了更加鲜明的表现力。这是值得注意的第一点。另外,《王兵马使二角鹰》诗更在一起首就用四句奇突耸动之景象来"为角鹰作势"②,所谓"日色凄惨,江山黯淡,皆助其肃杀之气。貌人物者,贵得其神,此真貌角鹰之神者也"③,大大增加角鹰的神采和气势,并助长角鹰"倒翻"之劲力;此时鹰是主,险景奇境是推助之宾,比较六朝诗人如江淹、庾信反过来以鹰为配角,来烘托险景酷候的作法,就更能显出杜甫在塑造鸷鹰意象上的用力之处了。这是我们可以注意到的第二点。

关于杜甫投入于鸷鸟意象中的象喻意义,我们先论析他自负自高的心志投射。这以《见王监兵马使说近山有白黑二鹰罗者久取竟未能得王以为毛骨有异他鹰恐腊后春生骞飞避暖劲翮思秋之甚眇不可见请余赋诗二首》中的鹰最具代表性:

> 雪飞玉立尽清秋,不惜奇毛恣远游。在野只教心力破,于人何事网罗求。一生自猎知无敌,百中争能耻下鞲。鹏碍九天须却避,兔藏三窟莫深忧。(其一)

---

① 如(晋)傅玄《鹰赋》曰:"左看若侧,右视如倾。劲翮二六,机连体轻。"引同注八,页142。孙楚《鹰赋》有"状似愁胡"句,见(明)张溥编:《汉魏六朝百三家集》册五,台北:新兴书局,页226。
② (清)仇兆鳌:《杜诗详注》,卷十八,页1585。
③ 见(清)黄生:《杜工部诗说》,卷三,页176。

杜甫写一耳闻而未目睹之鹰，笔调如此勇决，明显是借鹰自道之作，带有强烈的自喻性质。仇兆鳌注曰："心力虽破，而网罗难求，所谓罗取未得也。'知无敌'，自信其能。'耻下鞲'，不受人役。'鹏须避'，欲击其大。'兔莫忧'，不屑于细也。"① 这种只选巨鹏，而无意于弱兔的自负，乃是出于足够的能力和充分的自信，和《壮游》诗所说"脱落小时辈，结交皆老苍。饮酣视八极，俗物多茫茫"，正是一致的。而自猎无敌、耻于下鞲之表白则显示杜甫在这种自信其能的心态中，又有善自珍惜的自重，因此卢德水曰："'一生'二句，可以想鹰之有品而不苟。"② 世俗的网罗和贵族王侯的鞲荣都不能缨系这雪飞玉立、击鹏九天的白鹰，表现杜甫一种卓尔不群、洁身自高的象喻意义，与隋炀帝所说的"无复凌云志"对照比观，显见有极大的差别。这是鸷鸟意象的第一个内容。

在大部分的鸷鸟意象中，杜甫所表现的则是豪宕侠义的性情，这在《义鹘行》有充分的展露，诗云：

> 阴崖二苍鹰，养子黑柏颠。白蛇登其巢，吞噬恣朝餐。
> 雄飞远求食，雌者鸣辛酸。力强不可制，黄口无半存。
> 其父从西归，翻身入长烟。斯须领健鹘，痛愤寄所宣。
> 斗上捩孤影，噭哮来九天。修鳞脱远枝，巨颡拆老拳。
> 高空得蹭蹬，短草辞蜿蜒。折尾能一掉，饱肠皆已穿。
> 生虽灭众雏，死亦垂千年。物情有报复，快意贵目前。

---

① （清）仇兆鳌：《杜诗详注》，卷十八，页1587。
② （清）仇兆鳌：《杜诗详注》，卷十八引，页1587。

> 兹实鸷鸟最,急难心炯然。功成失所往,用舍何其贤。
> 近泾滀水湄,此事樵夫传。飘萧觉素发,凛欲冲儒冠。
> 人生许与分,只在顾盼间。聊为义鹘行,用激壮士肝。

此诗摹写义鹘见义勇为,为苍鹰复仇之壮举,真是痛快淋漓,激动人心。仇兆鳌曰:"鹰能诉冤于鹘,其事甚奇。雌鸣雄愤,写两鹰情状如生。鹘能为鹰报仇,其事更奇。鹘一奋击,蛇遂伏辜,见其义勇特绝。鹘能报复辄去,益见其奇。蛇死垂鉴,此目前快意之举。鹘之有功不居,其义侠尤出寻常矣。"①其事虽属樵夫所传,有某个程度的事实根据,但写鸟至此,那素发凛欲冲冠的作者所投入的诠释和感发,可谓才是此篇扣人心弦的根本所在。杨伦说:"记异之作,愤世之篇,便是聂政荆轲诸传一样笔墨,故足与太史公争雄千古。得之韵言,尤为空前绝后。"②将"记异"与"愤世"合言,又将此篇与太史公叙写刺客列传之笔墨争雄,便是有见于此;所谓"得之韵言,尤为空前绝后",无异指出杜甫在诗歌意象塑造上所投入的超绝功力。不过"愤世"之说则虽有所见,却较笼统,可更析而论之。

《画鹰》诗的"何当击凡鸟,毛血洒平芜"和《义鹘行》的"巨颡拆老拳,饱肠皆已穿"都是不避血腥的描绘,写来惊心动魄,较之前人单写猛禽的斜望追逐,便开拓了更大的表现空间,增加入诗的材料范畴;更重要的是,这种描绘显示杜甫嫉恶如仇之个性,强烈到

---

① (清)仇兆鳌:《杜诗详注》,卷六,分见页474—476。
② 见(清)杨伦:《杜诗镜铨》,卷四,页193。

使他必得如此方已的程度。

就杜甫的性格而言,表现在他大部分的诗作里的,是一种近乎诗教的温柔敦厚,和沉郁深挚的性情,其待人接物的诚厚可说已达到儒家理想的境界。例如在《莫相疑行》里,他对"当面输心背面笑"的轻薄少年,也只寄语"不争好恶莫相疑"而已,并无疾色斥责之言,可以窥见一斑。但另一方面,杜甫的性格也是热烈刚直的,正如《壮游》诗所自道:

> 性豪业嗜酒,嫉恶怀刚肠。……
> 饮酣视八极,俗物多茫茫。……
> 放荡齐赵间,裘马颇轻狂。春歌丛台上,冬猎青丘旁。
> 呼鹰皂枥林,逐兽云雪冈。射飞曾纵鞚,引臂落鹙鸧。

浦起龙曾评第一段曰:"写得目空一世,自少而然。"[①]豪放不拘与凛然嫉恶原即是他的性情本色,由少至壮,未曾稍失;其中纵放豪迈不但是他个性的一面,在他年轻时代甚至可以说是主要的性格表征,与"放荡清狂"的生活互为表里。《今夕行》对这点也有清晰的表露:

> 今夕何夕岁云徂,更长烛明不可孤。
> 咸阳客舍一事无,相与博塞为欢娱。
> 冯陵大叫呼五白,袒跣不肯成枭卢。

---

① 见(清)浦起龙:《读杜心解》,卷一之五,页162。

第三章 意象主题(下)

> 英雄有时亦如此,邂逅岂即非良图。
> 君莫笑,刘毅从来布衣愿,家无儋石输百万。

这种彻夜燃烛,大叫呼酒、袒跣博塞的豪宕生活,是很少在杜甫集中反映出来的,通常只有在诗人回忆年少时代时,才会自笔端涌现,前引《壮游》诗即是一例;此外,《遣怀》诗也是透露此一讯息的证明:

> 昔我游宋中,惟梁孝王都。名今陈留亚,剧则贝魏俱。
> 邑中九万家,高栋照通衢。舟车半天下,主客多欢娱。
> 白刃仇不义,黄金倾有无。杀人红尘里,报答在斯须。
> 忆与高李辈,论交入酒垆。……气酣登吹台,怀古视平芜。

在宋中豪迈快意的习气中,杜甫与高适、李白论交,拼酒比诗,也是气酣傲视、不可一世的,其负才使气之概正与《壮游》诗所表现者相同。《新唐书》本传曾称杜甫:"放旷不自检,好论天下大事,高而不切。少与李白齐名,时号李杜。尝从白及高适过汴州,酒酣登吹台,慷慨怀古,人莫测也。"① 其中"放旷""慷慨"之说,正合于杜甫豪宕不拘的这一面性格。因此以鹰自比的杜甫一旦遭遇困窘束缚之际,其顿挫无奈之感就更加强烈了:

> 骥病思偏秣,鹰愁怕苦笼。(《敬简王明府》)
> 奋飞既胡越,局促伤樊笼。(《苦雨奉寄陇西公兼呈王征士》)

---

① (清)仇兆鳌:《杜诗详注》,页7。

> 小臣议论绝,老病客殊方。郁郁苦不展,羽翮困低昂。(《壮游》)

当然,豪放纵快的个性并不一定等于嫉恶如仇,前者可以只是特殊才气向外发扬的表现,后者却更需一颗炽烈而又充满正义感的"侠"的心灵,能不平而鸣,又要有去恶扬善的热望才能造就。杜甫诗中鸷鸟的意象,正是结合了豪宕的气概与侠义的心肠而成。豪宕的气概于前文已有论述,下面再看杜甫对侠义之追求的这一面。

浦起龙曾评前引《壮游》第三段曰:"又似游侠气味。"[①]试观《遣怀》诗的"白刃仇不义""报答在斯须"之情,与《义鹘行》的"物情有报复,快意贵目前。兹实鸷鸟最,急难心炯然"之心多么接近,都是直取目前、快意恩仇的表现,也都同以"嫉恶怀刚肠"为出发点。这种"侠"的行为虽然大快人心,却也是超出一般社会规范和秩序的,所以《画鹘行》里说:"侧脑看青霄,宁为众禽没。长翮如刀剑,人寰可超越。"鸷鸟挟着如刀剑般的长翮,便应超越凡庸的人寰,翱翔在青霄里,救急解难,击恶刃不义,自不能与众禽为伍。进一步看,这种行侠好义的象喻表现,其实都根源于杜甫热切地冀求一个正义合理的世界而来。为了扫除政治社会上许多妨碍这个理想之达成的"恶",杜甫年轻时曾努力于仕途,希望能"立登要路津"(《奉赠韦左丞丈二十二韵》),来大刀阔斧,肃清风俗,直至暮年他仍以此自许许人,这是杜甫一个重要而具体的理想,寄托在鸷鸟意象中,尤其明显可见:

[①] 见(清)浦起龙:《读杜心解》,卷一之五,页162。

干戈少暇日,真骨老崖嶂。为君除狡兔,会是翻韝上。(《杨监又出画鹰十二扇》)

荆南芮公得将军,亦如角鹰下朔云。恶鸟飞飞啄金屋,安得尔辈开其群,驱出六合枭鸾分。(《王兵马使二角鹰》)

耿贾扶王室,萧曹拱御筵。乘威灭蜂虿,戮力效鹰鹯。(《秋日夔府咏怀奉寄郑监审李宾客之芳一百韵》)

这种借鹰以除狡兔、驱恶鸟、灭蜂虿的表示,就和《画鹰》诗的"击凡鸟"一样同具去恶除奸、巩固邦国的象喻意味,因此黄彻《䂬溪诗话》卷二说:"《杜集》及马与鹰甚多,亦屡用属对,……盖其致远壮心,未甘伏枥,嫉恶刚肠,尤思排击。语曰:'骥不称其力,称其德也。'《左氏》曰:'见无礼于其君者,如鹰鹯之逐鸟雀也。'少陵有焉。"① 至此,我们就可以解决《进雕赋表》里的一个问题了。《进雕赋表》曰:

臣以为雕者,鸷鸟之殊特,搏击而不可当,岂但壮观于旌门,发狂于原隰。引以为类,是大臣正色立朝之义也。臣窃重其有英雄之姿,故作此赋。②

雕之所以被杜甫引为同类,是因为它有"正色立朝之义"和"英雄之姿";但"正色立朝"之大臣与"英雄"乃分属两个不同的范畴:一个

---

① 收入(清)丁福保辑:《历代诗话续编》,页352—353。
② (清)仇兆鳌:《杜诗详注》,卷二十四,页2173。

严肃而敬谨,其长在于擘画政务;一个豪快而不拘于俗,其倾向在于领导开先,两者之气质与任务都有极大的差别。前引《今夕行》中杜甫曾以"英雄有时亦如此"来指称"博塞"的自己和刘毅,可见"英雄"的形象是偏重于豪快自负、越俗开先的。而杜甫将两者结合于一,显然是将他个人豪宕侠义的情性与正色立朝的理想统合起来,借由雕等来加以阐扬,却并未顾及其间的矛盾。因为"侠"是个人精神才性的发挥,可以自负其能,无待于外而成就;但正色立朝之臣却必须在政治圈中安身,与其他朝臣相互协调才能成事,两种都出于安定群体的理想,却须由完全不同的个性来实践。杜甫充满"儒"兼济天下的理想,个性却不适合复杂的政治环境和层层拘束的官僚系统,故而无法以从政方式来达到此一理想。所以任左拾遗时说:

纵饮久判人共弃,懒朝真与世相违。吏情更觉沧州远,老大徒伤未拂衣。(《曲江对酒》)

在成都严武幕府中时又说:

白水鱼竿客,清秋鹤发翁。胡为来幕下,只合在舟中。……束缚酬知己,蹉跎效小忠。……会希全物色,时放倚梧桐。(《遣闷奉呈严公二十韵》)

两诗可谓都是"性豪业嗜酒"而不耐束缚、耿介而与世相违的自白,因此两次从政生涯也都是短暂而抑郁不欢的。这也呼应了前文所引白鹰"于人何事网罗求"的性格表现。溯察《进雕赋表》中的矛盾结合,很可能是因为当时(天宝十三年)杜甫对自己性格与现实之间的扞格尚无明确意识,而唯出以一热烈的理想所致。这也可以解释杜甫何以一生穷于仕途的部分原因。其后经安史之乱的打击和沉淀,豪侠之气已收敛不少,转为深沉;在两次仕宦经验中也认清自己不适官途的个性,所谓"胡为来幕下,只合在舟中"便有此意。但不拘的本性和伸张正义的理想却仍自然地流露出来,而维持了鸷鸟意象的一贯性,这在前引诗例中都可以见到。

总括上文,我们可以了解,杜甫在鸷鸟意象中投射了个人品格自高之心、英雄豪宕之气与嫉恶刚肠之性,是奉守儒业、温柔敦厚的杜甫激烈快意的另一个面相,其中嫉恶刚肠之性甚至隐隐通向"侠义"的追求,使他赞许鸷鸟搏奸急难和快意恩仇的行径。其寓意是深刻的,绝不只是如杨伦所说"集中题鹰、马二项诗极夥,想俱爱其神骏故邪"[1]而已。就整个意象塑造而言,正是冷斋鲁訔所谓"遇物写难状之景,纾情出不说之意"[2]的高度表现。

---

[1] (清)杨伦:《杜诗镜铨》,卷二,页91。
[2] 引自(宋)魏庆之:《诗人玉屑》,页301。

第四章　意象塑造之特殊形式

　　意象是存在于诗歌整体中的,诗中其他的字词句段等部分都不可避免地会发生影响,这也是意象不可能孤立存在,必须在结构字质(texture)间的交互作用下才能产生确定内容之故,所谓"有了锻句炼字的基础工夫,才能呈现意象"①,正是认识到字句形式是意象内容的决定因素而言。

　　事实上,内容与形式的二分本是不可能存在的,诗作为一种语言艺术,就必然要让作者的情意内容在特定形式中展现,失去了语言媒介的凭借,任何内容也不能表达出来。韦勒克和华伦便曾指出:"内容是表现文学作品的观念与情绪,而这样的内容实际就是由那涵有'语言之一切成份'的形式之表现。"②因此讨论意象时也就不可避免形式结构的分析,这在前两章的意象主题论析时便已有实际的作法。只不过在人类思考的运作中,"形式"往往不单只是被动地由主观意识来决定,而完全依主观思考来作自由选择;相反地,因为人类思考和感情的惯性,使得一种既有形式常能反过来规定人类的思考,这从诗歌历史中每当一个新体式被创造出来后,便为大多数诗人沿袭一段很长时间的现象就可以了解。在这

---

① 见张梦机:《古典诗的形式结构》,台北:尚友出版社,页198。
② 见〔美〕韦勒克、华伦合著,王梦鸥、许国衡译:《文学论——文学研究方法论》(*Theory of Literature*),台北:志文出版社,页227。

种"形式规定内容"的情况中,人类既有之经验模式和感觉内容大致上便会停留在一个限定的状态,依循原有的形式所引导,继续构筑人对世界的了解和经验内容。这种有所限定的状况就是一个敏锐于文字表现,并常以新的眼光去观照世界的文学家所企图超越的目标,而既然要表达更新的感觉经验和情感内容,常常也就必须在旧有形式的限制下寻求突破,创造出新的表达方式。因为形式使"精神活动的内在因素获得一种显现形式,而这种显现形式不是在自然中原已存在的,而是由心灵发现出来的"①。因此,语言形式的创新不但可以看出诗人创造力的深浅厚薄,也可以考验诗人创作自觉的强烈程度。

而杜甫之伟大,除了诗歌内容的扩大和深化外,一方面就表现在诗歌形式的多样创新上。对一个自觉于创作事业者而言②,"形式"正是他致力于改造普通的思考习惯和一般的感受经验的明显目标,其改造的成果高下丰瘠与否,于形式部分也最容易显现。刘若愚曾说:"从作家的观点来看文学的艺术功用:作家创造一个想象境界的过程,是一个语言化(verbalization)的过程(或语言性的具体化〔verbal incarnation〕),它包含对做为艺术媒介之语言的种种可能性的探索与一个独特的字句结构的创造。"③而杜甫在文学艺术上所投注的吸收融裁的努力,和对语文媒介运用法度之尝试与探

---

① 语见〔德〕黑格尔(Georg Wilhelm Friedrich Hegel)著,朱光潜译:《美学》册二,台北:里仁书局,页68。
② 有关杜甫的诗人自觉,可参考〔日〕小川环树著,谭汝谦编:《论中国诗》第七章第一节,香港:香港中文大学出版社。
③ 见〔美〕刘若愚著,杜国清译:《中西文学理论综合初探》,收入《中国文学理论》附录,台北:联经出版公司,页315。

索,确然留下极可宝贵的成果,值得我们研究分析,认识到诗人为我们的语言文化所做的拓展。

因此本章选出三种杜甫常运用的,为创新意象之塑造与表达所做的形式改革,一是为表现物体及其色彩属性在人类感官经验中新的感知角度,而做的倒装技巧;一是打破一般感受习惯,以营造更丰富之字质表现的倒装法;一是以特殊的当句对式来表达新颖的事物感受,这三种都是前所未有的创体,并经杜甫大量运用,在诗歌意象发展史上尤其具有高度的意义。以下便分三节详论之。

第一节　倒装:色彩意象的突显

所谓"色彩的感觉是一般美感中最大众化的形式"[①],色彩意象表现亦是杜甫集中十分突出的一项,不论就颜色的多样化、出现频率之繁多,乃至杜甫本身为突出色彩意象而在表达上处心构设的主观自觉上,都是极为引人注目的。先就一般地在诗句中敷陈色泽这一点而言,其运用颜色字之多样性与比例之高使得诗句的视觉印象缤纷多彩,不待披拣即随手可得、寓目可见,例如:

- 一去紫台连朔漠,独留青冢向黄昏。(《咏怀古迹五首》之三)
- 鸿飞冥冥日月白,青枫叶赤天雨霜。(《寄韩谏议注》)
- 孤城返照红将敛,近市浮烟翠且重。(《暮登四安寺钟

---

① 此语引自萧涤非主编:《唐代文学论丛》总第七辑,页43。

楼寄裴十迪》)

- 波漂菰米沉云黑,露冷莲房坠粉红。(《秋兴八首》之七)
- 忽忆雨时秋井塌,古人白骨生青苔。(《苏端薛复筵简薛华醉歌》)
- 向卿将命寸心赤,青山落日江湖白。(《惜别行》)
- 霜黄碧梧白鹤栖,城上击柝复乌啼。(《暮归》)
- 紫崖奔处黑,白鸟去边明。(《雨》)
- 江碧鸟逾白,山青花欲然。(《绝句二首》之二)
- 白发千茎雪,丹心一寸灰。(《郑驸马池台喜遇郑广文同饮》)
- 种竹交加翠,载桃烂熳红。(《春日江村五首》之三)
- 石暄蕨芽紫,渚秀芦笋绿。(《客堂》)
- 风断青蒲节,霜埋翠竹根。(《建都十二韵》)
- 或红如丹砂,或黑如点漆。(《北征》)

以上颜色字之句于杜甫集中所占十不及一,即已涵括紫、青、黄、白、赤、红、丹、绿、碧、翠、黑、乌等多种色彩,充分表现了杜甫对充实构成意象世界的色彩因素所作的努力。尤其上引诸句中多有在一句之内同时包含两种颜色,甚至不乏如《暮归》诗的"霜黄碧梧白鹤楼"一句竟至同时涵摄三个颜色字者,以此说杜甫对色彩的运用与感受到达倾心敏感的地步,当不为过,否则他在《北征》的漫长艰难行程和忧怆不尽中,便不会留意到山果橡栗如丹砂之红、如点漆之黑的鲜明色彩,并加以呈现于诗句之中,而凭添一段动人的插曲。

然而最能显示杜甫对色彩纤锐的敏感,与他对表现此一感受之细微历程的倾心,则端在他为了贴切如实地呈现其感知次序,而引发的对语文形构的矫革改造,以达到色彩效果更进一步的突出表现上,这便是前面所言的第二个重点,尤其是值得我们注意的。这种对语文形构的矫革改造落实于下列诗句上:

- 红入桃花嫩,青归柳叶新。(《奉酬李都督表丈早春作》)
- 青惜峰峦过,黄知橘柚来。(《放船》)
- 碧知湖外草,红见海东云。(《晴二首》之一)
- 绿垂风折笋,红绽雨肥梅。(《陪郑广文游何将军山林十首》之五)
- 红浸珊瑚短,青悬薜荔长。(《观李固请司马弟山水图三首》之三)
- 翠深开断壁,红远结飞楼。(《晓望白帝城盐山》)
- 翠干危栈竹,红腻小湖莲。(《寄岳州贾司马六丈巴州严八使君两阁老五十韵》)
- 紫收岷岭芋,白种陆池莲。(《秋日夔府咏怀奉寄郑监审李宾客之芳一百韵》)
- 白摧朽骨龙虎死,黑入太阴雷雨垂。(《戏为双松图歌》)
- 红取风霜实,青看雨露柯。(《栀子》)
- 红稠屋角花,碧秀墙隅草。(《雨过苏端》)
- 白花檐外朵,青柳槛前梢。(《题新津北桥楼》)

- 重碧拈春酒,轻红擘荔枝。(《宴戎州杨使君东楼》)
- 黑知湾澴底,清见光炯碎。(《万丈潭》)
- 翠牙穿裛蒋,碧节吐寒蒲。(《过南岳入洞庭湖》)①

这十五例在诗句上都表现了语文装造的同一架构,除达到"诗用倒字倒句法,乃觉劲健"②的一般效果之外,更如范晞文《对床夜语》卷三所指出:

老杜多欲以颜色字置第一字,却引实字来。如"红入桃花嫩,青归柳叶新"是也。不如此,则语既弱而气亦馁。……若"白摧朽骨龙虎死,黑入太阴雷雨垂",益壮而险矣。③

其实杜甫不只将颜色字提置于句首,下面再引出此一颜色所附属的实物,又更在色彩和实物之间插入其他动作、状态等说明而造成阻隔,造成色彩孤立于句首的现象,此装造结构的特殊性,使得色彩脱去了附属、修饰的次要角色,一跃而获至抢尽感受先机的主要地位,让读者在阅读的接收过程中,视觉的感官功能得到充分的重视和扩展,强化了对色质的印象和掌握,也因而使诗句的视觉意象更加突出而饱满。这是色彩意象塑造上技巧的一大跃升,其效果

---

① 此十五联诗例中的前九联,笔者于搜罗后发现宋范晞文《对床夜语》卷三已列举出来,兹附志于此,文中罗列时并依其原有次序,见台静农辑:《百种诗话类编》,台北:艺文印书馆,页358。
② (明)李东阳:《麓堂诗话》,收入丁福保辑:《历代诗话续编》,页1393。
③ 台静农辑:《百种诗话类编》,页358。

显见是十分成功的。

　　这种将颜色字提领在前,以强调色彩之优先印象的做法,传达效果虽一,细较起来,实质上却包含两类不同的形式结构,进一步分析后,可以帮助我们对杜甫艺术成就的了解。其中一类如"青惜峰峦过,黄知橘柚来""碧知湖外草,红见海东云""黑知湾澴底,清见光炯碎"等句,在文意句法上平顺自然,并无特别奇矫倒设之处,其新警惟在对感知序列不同凡俗的表现的尝试,但此不同凡俗的感知序列方表现虽然新警出奇,究竟仍是应于自然之态、合乎人情之常的,故而在词句上唯有此种结构表现,不可能有其他的字句安排法。试想诗人于行旅道途之中眺望因距离、气候、光线等因素而不确定的景物,首先引发诗人注意的,必然是较易于辨认的色彩属性,而根据常识结构中色质与景物之间一定程度的关连,才接着引带出对景物本身的认知或确定,这从"黄知橘柚来""碧知湖外草""黑知湾澴底"的"知"字最容易理解此一引带的关系。因而仇兆鳌指出的"见青而惜峰过,望黄而知橘来,皆舟行迅速之象"[①]正说明了此种词句形构上的唯一必然性,在装造上没有其他变化的可能。

　　然而另外一类诗句虽在表现上同样遵循着此一感知序列的原则,但却更在艺术技巧上显示出诗人的强烈企图,那就是利用倒装技巧以达到突显色彩意象的目的。除了前引范晞文所提出的达致壮险、去其弱馁的效果外,吴齐贤论杜诗倒句亦称:

　　　　如"翠深开断壁,红远结飞楼"……极为奇秀。若曰:"飞

---

① 见(清)仇兆鳌:《杜诗详注》,卷十二,页1040。

第四章 意象塑造之特殊形式

楼红远结,断壁翠深开",肤而浅矣。如"绿垂风折笋,红绽雨肥梅"……体物深细。若曰:"绿笋风垂折,红梅雨绽肥",鄙而俗矣。①

蔡梦弼《草堂诗话》引王彦辅《麈史》也说:

> 子美善用故事及常语,多倒其句(按:实为倒其字)而用之。盖如此则语峻而体健。②

都着重在倒句所造成的奇秀峻健之效果上,以其避免了肤浅鄙俗的平板常套,而能透显杜甫其人体物深细的深稳之意。但论及此处,我们更当进一步追究:这些诗句如何能说具有"体物深细"的表现?其不肤浅、不鄙俗的深处又包含何种意义?为回答此一问题,试先以"绿垂风折笋,红绽雨肥梅"为例,以作探寻之线索。这联诗根据文意,有多种不同的装造结构之可能③:

> 绿垂风折笋,红绽雨肥梅。
> 绿笋风折垂,红梅雨肥绽。
> 风折绿笋垂,雨肥红梅绽。
> 风折垂绿笋,雨肥绽红梅。

---

① 见(清)杨伦:《杜诗镜铨》附录三,页1163。
② 见台静农辑:《百种诗话类编》,页347。
③ 黄生即曾曰:"五字有数层意,又层折句。至于散拆五字,抽换可得数联。"见(清)黄生:《杜工部诗说》,卷四,页197。

>风折笋绿垂,雨肥梅红绽。

各联结构不同,而意旨归一,同是描述"绿笋为风所摧折而垂下,红梅为雨所滋肥而绽开"的景象,一如王维《田家》所言:"多雨红榴拆,新秋绿芋肥。"所不同者只在呈现的角度而已。若说杜甫选择第一种语言结构来表达的原因乃在于因应平仄的要求,这显然不足以解释诗人之所以成其伟大,及作品之所以深美动人的理由,因此,我们势须另觅他途,从创作心理和艺术效果上来探求其道理。首先,梅祖麟、高友工曾简略地指出:"在这种诗句中,我们首先意识到生动的色彩,然后再感受到色彩所代表物体的轮廓。"①针对此一现象,现代现象学者梅洛-庞蒂(Maurice Merleau-Ponty,1908~1961)则有学理上更深入的说明:

> 人对世界的认识,必先通过感官经验,而感官经验初起之际,是纯然客观的,之后才逗起知识和行动。……另一方面,由于主体的限制,实际的感官活动,必然是顺时性和综合性的。由于对事物的知觉活动有这二种性质,事物的呈现角度可以是无穷的。②

若单就依感官经验之先后作为呈现事物状态的依据而言,在杜

---

① 见〔美〕梅祖麟、高友工合著:《论唐诗的语法用字与意象》,收入《中国古典文学论丛》册一诗歌之部,台北:中外文学月刊社,1976年5月,页318。
② 引自郑树森编:《现象学与文学批评》前言,台北:东大图书公司,1984年,页31。

甫以前的诗史中并不乏其例,如王维《山居秋暝》曰:"竹喧归浣女,莲动下渔舟。"以"竹喧""莲动"的感官印象为起,再导出造成此一感官印象的理由,这种次序也符合海洛-庞蒂的说明;但其语序比诸杜甫此诗仍较为单纯显白,不像杜甫是在种种不同的呈现角度中,选择了最能够完整正确地表达其感受经验的方式,忠实于他对景物的感知历程,并致力于依序将此一复杂而细微的历程客观再现。这种视觉历程表现于语言运用安排上,正如叶维廉所说:"语言,在适当的安排下,可以提供我们'类似'视觉过程的经验,其中的一个方法,便是不要让'思'的痕迹阻碍了物象涌现的直接性。'绿垂风折笋'是涌现觉的直接,是视觉过程的把捉。是先'感'而后'思'。"[①]并在"思"之后获取了对对象的判断。因此前面所提出的感知序列可以更精密地归纳、图示如下:

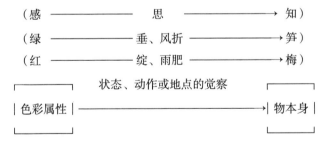

由感官印象逐步显露,从最先对色彩的直觉感受的引导,再觉

---

① 引自叶维廉:《中国古典诗中的传释活动》,收入中国古典文学研究会主编:《古典文学》第七集,页664。

察此物的其他状态或物性,最终达致对"物本身"的知识确认①,杜甫所依循的便是将其感知历程客观再现的原则,因而甚至不惜破坏一般诗句构作的正常顺序,这正是前引吴齐贤所称"体物深细"的表现。而另一方面,杜甫在这些为数不少的诗例中固守于忠实再现其感知序列的原则,不仅意味着他作为一位文学艺术家的自觉的努力,同时并包含了他暗示予读者在阅读时产生共感的期待。杜威(J. Dewey)便曾指明:

> 要感知某物,观看者必须"创造"自己的经验。而他的创造又必须包含一些可以与原制造人所经历者相比拟的关系。两者绝不会完全相同。但不论在感知者或艺术家之创造之中,他们对作品全体元素的安排,虽然不是在细节上,至少在形式上,是同于作品之创作者有意识经验过的组织历程。没有再创造的活动,对象便不会作为艺术品地被感知。②

可以说杜甫将其有意识地经验过的组织历程,在细节和形式上都尽力表现出来,而有意地引领人们唤起相同的对世界的观看方法,重新与读者共享他被色彩所吸引时的强烈感动。

---

① 前引十五诗例并非全然符合此一简图次序,如"红入桃花嫩""红浸珊瑚短"等是在达到对物本身(桃花、珊瑚)的确认后,又再得到其他物质属性(嫩、短)的感受;而"重碧拈春酒,轻红擘荔枝"则在引起色彩直觉之前,就先有对色彩本身轻重不同的压力感受。虽然如此,就其语句结构主要脉络而言,仍是符合此一感知序列,且能表现倒装技巧所显示的自觉努力。

② 〔美〕杜威:《艺术经验论》,引自郑树森编:《现象学与文学批评》,页93。

感官印象是认知世界的基础,"色彩"更是构作世界的种种要素中最美丽引人的一项,这是诗人纤敏之诗心所能把捉、所能表现的最深微的世界的秘密;杜甫更创造了如此夺人眼目的视觉意象,在叹赏其手法之神奇高妙、内容涵容度之丰富、意象之鲜明等艺术审美价值时,我们必须回过头来,在色彩意象的发展历史中,来考虑杜甫此举所代表的文学史的意义。

首先,南朝以谢灵运为代表的山水诗以及其他的咏物各体中,色彩的运用已极为繁复精巧,大大丰富了诗歌中的视觉意象,如宋谢灵运的"初篁苞绿箨,新蒲含紫茸"(《于南山往北山瞻眺》)、"铜陵映碧涧,石磴泻红泉"(《入华子冈是麻源第三谷》),南齐谢朓的"发萼初攒紫,余采尚霏红"(《咏蔷薇》),梁武帝萧衍的"碧沚红菡萏,白沙青涟漪"(《首夏泛天池》),沈约的"紫箨开绿筱,白鸟映青畴"(《休沐寄怀》),以及梁简文帝的"菱绿映葭青,疏红分浪白"(《咏疏枫》)等①,秾丽清巧,多有缤纷之致,对于体现物色不可谓不丰赡;而一般以色彩字修饰的景物意象中,如前引的"白沙"一词,也可说是由感官感觉的"白",再进一步见到实体的"沙","经过这样由感官感觉和景物实体的适度结合,就成了反映对景物色彩所生美感经验的意象。"②但这种名词乃普遍存在于意识和表达习惯中,本身已是一种习用连辞,色彩也只是一种附属形

---

① 有关南朝诗作的设色表现,可参王次澄:《南朝诗的修辞特色》,第三部分,其中所收诗例甚夥,收入中国古典文学研究会主编:《古典文学》第四集,台北:台湾学生书局,页68—75。另王国璎:《中国山水诗研究》第二部分第二节亦举例不少,可参,台北:联经出版公司。

② 见王国璎:《中国山水诗研究》,页311。

容的作用,并不能引发突出新奇的色彩感受,而且色彩字与实体物间也没有任何其他物体状态或动作的隔断,以造成色彩的孤立先占地位,比诸前文所论杜甫诸作,则显得有所不足。

其中表现色彩最生动者,如北齐刘逖《对雨诗》的"湿槐仍足绿,沾桃更上红"、北周庾信《奉和夏日应令诗》的"梅逐雨中黄"[①]、沈约《伤春诗》的"弱草半抽黄"[②]、萧衍《杨叛儿》的"桃花初发红,芳草尚抽绿"[③]、萧纲《梁尘诗》的"依帷濛重翠,带日聚轻红"[④]、萧琪《春日贻刘孝绰诗》的"涧水初流碧,山樱早发红"[⑤],以及刘琁《上湘度琵琶矶诗》的"颉颃鸥舞白,流乱叶飞红"、江总《赠贺左丞萧舍人诗》的"芦花霜外白,枫叶水前丹"和隋炀帝《夏日临江诗》的"鹭飞林外白,莲开水上红"[⑥],与唐太宗《赋得残菊》的"细叶凋轻翠,圆花飞碎黄"等等,都化颜色的形容作用为名词属性,成为可"上"、可"逐"、可"聚"、可"流"、可"发"、可"抽"、可"舞"、可"飞"的动作对象,乃至与附属之槐、桃、梅、草、鸥、枫叶、芦花、水、鹭、莲等物体隔离为说,形成独立自足的物象,因而传达了较新颖的感觉经验,但也约只达到杜诗中"榅梨才缀碧,梅杏半传黄"(《竖子至》)、"塞柳行疏翠,山梨结小红"(《雨晴》)、"宠光蕙叶与多碧,点

---

① 北朝刘逖与庾信两诗,见逯钦立辑校:《先秦汉魏晋南北朝诗》册中,页1650、2381。
② 见逯钦立辑校:《先秦汉魏晋南北朝诗》,册下,页2272。
③ 逯钦立辑校:《先秦汉魏晋南北朝诗》,《梁诗》卷一,页1520。
④ 逯钦立辑校:《先秦汉魏晋南北朝诗》,页1971。该诗后二句为"定为歌声起,非关团扇风",不独写景,且暗示了人事活动。
⑤ 逯钦立辑校:《先秦汉魏晋南北朝诗》,《梁诗》卷十五,页1821。
⑥ 此三首诗分见逯钦立辑校:《先秦汉魏晋南北朝诗》,页1470、2581、页2672。

第四章　意象塑造之特殊形式

注桃花舒小红"(《江雨有怀郑典设》)的境界,较诸杜甫在提领、强调色彩意象所作的形式努力可说是远远不及的。

因此,赵翼《瓯北诗话》卷二论杜甫的诗歌创体时就特别举出这类体式,谓:"杜诗又有独创句法,为前人所无者。如《何将军园》之'绿垂风折笋,红绽雨肥梅',……《寄贾严二阁老》之'翠干危栈竹,红腻小湖莲',……《新晴》之'碧知湖外草,晴(按:当为红)见海东云',……皆是创体。"①而这"创体"背后所蕴含的创造性活动正如叶燮所阐明的,是:"当其有所触而兴起也,其意、其辞、其句劈空而起,皆自无而有,随在取之于心;出而为情、为景、为事,人未尝言之,而自我始言之。"②可见杜甫不但"尽得古今之体势,而兼人人之所独专"③,又能在文学史上前无古人地创新发明,刷新文学家在美感经验中的意识状态,并对美感表达方式有了更大的开拓,后人祖述其法,如宋朝陈师道所作《登燕子楼》诗曰:"绿暗连村柳,红明委地花。"便明显受到杜甫的启发,《芥隐笔记》也指出:"荆公(王安石)诗'绿搅寒芜出,红争暖树归',本于杜句。"④都循着杜甫所开启的路线来表达事物更深细精微的感受,杜甫所成就之意义当于此见之,始能有得。因为文学家最积极的意义不只在于反映世界的实况,并且要能引导人们挖掘感受的深度,提升观照的眼光层

---

① 见郭绍虞辑:《清诗话续编》,页1153—1154。
② (清)叶燮:《原诗·内篇》,收入(清)丁福保辑:《清诗话》,台北:源流出版社,页567。
③ (唐)元稹:《唐检校工部员外郎杜君墓系铭并序》语,引自华文宣编:《杜甫卷:唐宋之部》,台北:源流出版社,页15。
④ (唐)杜甫著,(清)杨伦笺注:《杜诗镜铨》,上海:上海古籍出版社,1998年2月,卷八,于《奉酬李都督表丈早春作》之"红入桃花嫩,青归柳色新"句下引,页341。

次和扩大美感经验的范围,而丰富民族及个人生命的内涵,这才是文学家的使命所在。犹如莎士比亚使用的词汇高居翘楚,由詹姆士一世钦定的英文《圣经》只有一万个单字,其中约有二千个是由莎士比亚首先使用,许多崭新的形容词也多是莎士比亚所创始,大大丰富了英国文学的表现力与英语人民的思想感受力。就此而言,杜甫之为"民族诗人",实是当之无愧的了。

第二节　倒装:字质的丰富表现

前一节所谈的形式问题中,可以看到杜甫利用了极为特殊的倒装技巧达到突显色彩意象的效果;这一节我们要从倒装技巧在强化字质作用的这一面,来看杜甫为使意象丰富生动而做的另一种形式上的努力。

"通常谈及艺术作品内部成分间的关系时,有时指其主要成分间的关系;有时指其附属成分间的关系,本此,我们可以区别两种美学形式:结构与字质(texture)。"①结构的基本单位是"联"与"诗行",以联与诗行组成了诗的整体;字质则和结构不同,是"限于一字一词间相互作用的结果"②,一字一词能够在彼此勾连中得到意义或感受上的补足,并借由字感的转移而强化各别字词的内容,其效力大都限于一联或一行的范围。在前文分析《佳人》一诗

---

① 见〔美〕梅祖麟、高友工合著:《论唐诗的语法用字与意象》,收入《中国古典文学论丛》册一诗歌之部,台北:中外文学月刊社,页307。

② 见〔美〕梅祖麟、高友工合著:《论唐诗的语法用字与意象》,收入《中国古典文学论丛》册一诗歌之部,页307。

时,我们曾详细讨论末联"天寒翠袖薄,日暮倚修竹"的高度表现力,一大部分即来自字句间字质的交错影响,使意象与意象间因此能扩充其内涵,以互相完成的方式而有更完整生动的表现。(此联之分析参第二章第一节)这一联诗在杜甫诗集中的确是表现字质作用的佳例,但在探讨杜甫以创新的形式来强化字质作用而言,实应以"倒装法"为主要法度,其所达到的效果也极为容易看出。这里要先确定我们的讨论范围。

所谓"倒装法"包括两大范围:一是"倒句法",指的是一联诗中出句为果、对句为因的倒说方式;一是"倒字法",指的是一句中字词倒设不顺的排列法。在表现字质方面,倒字法因为字词错落,打破一般的字词习惯,才是本节所采取的论析对象,以下所说"倒装",便以句中倒字为定义。只是有关倒装的认定也一直是言人人殊,指涉十分宽泛,例如王彦辅以为《月夜忆舍弟》诗的"露从今夜白,月是故乡明"是倒装[1],仇兆鳌以为《南邻》诗的"惯看宾客儿童喜,得食阶除鸟雀驯"也是倒装句法[2],实则前一联诗出句不必拘泥于"白露"节气之说,自合于散文式的直述句法,而与对句相谐;后一联诗中,两句都各具清楚的因果关系,诗意为"因为惯看宾客所以儿童喜,因为得食于阶除所以鸟雀驯",只要增加因果副词即可顺读,不待另外重新装造字词才能理解。本节讨论时便排除这类语句,而选择较为严格的认定标准,句中字词之间的结构须完全颠倒、打散,除非重新拆装否则不能读通的句式,才是我们选取的

---

[1] 见台静农辑:《百种诗话类编》,页347。
[2] 见(清)仇兆鳌:《杜诗详注》,卷九,页760。

对象。

首先,我们在众多诗例中先举出极具代表性的两联诗句作为论析重点,它们分别出现于《郑驸马宅宴洞中》和《秋兴八首》,效果十分突出,足以说明杜甫在塑造意象时,为加强字质的补足作用所作的努力。《郑驸马宅宴洞中》全诗为:

> 主家阴洞细烟雾,留客夏簟青琅玕。春酒杯浓琥珀薄,冰浆碗碧玛瑙寒。误疑茅堂过江麓,已入风磴霾云端。自是秦楼压郑谷,时闻杂佩声珊珊。

通首写洞中夏宴,都有清凉之色,富贵而不失清雅,笔调高致。颔联两句用的是倒装句法,顺装句法则应为:

> 琥珀杯薄春酒浓(或"春酒浓、琥珀杯薄")
> 玛瑙碗碧冰浆寒(或"玛瑙碗寒冰浆碧"亦通)

浦起龙指出经由倒装错置以后,"'琥珀'是'酒'是'杯','玛瑙'是'浆'是'椀',一色两耀,精丽绝伦。"[①]使杯的质地与酒的颜色,都可由"琥珀"一物同时显现;碗的质地与浆的色泽也从"玛瑙"一词两面兼摄,所谓"一色两耀",便是双关之意。然而,经由字质作用的转移,其实效果并不只此,"春酒杯浓琥珀薄"中仿佛琥珀杯亦可生"浓重"之感,如琥珀色的春酒也可增加"淡薄"的感受;而"冰浆

---

① 见(清)浦起龙:《读杜心解》,卷四之一,页598。

碗碧玛瑙寒"中,"碗"同时可以拥有玛瑙的质地和"寒"的温度、"碧"的色泽,冰浆亦可产生类似错觉。换句话说,联中的杯、碗、酒、浆都各自拥有在孤立时所没有的多重表现,因此大大增加了意象上丰富精美的感受。仇兆鳌说:

> 琥珀杯、玛瑙碗,言主家器物之瑰丽。若三字连用,易近于俗,将杯碗倒拈在上,而以浓薄碧寒四字互映生姿,得化腐为新之法。①

也指出因为倒装的缘故,诗句不但去除陈腐俗套,另生新意,更造成"浓薄碧寒四字互映生姿"的意象效果。从这里的"互映生姿"之说加上前引浦起龙所谓"一色两耀",我们可以初步认识到倒装法在强化字质作用上的影响,是增加意象表现的一大助力。

另一首代表诗例是《秋兴八首》之八的颔联,诗云:

> 昆吾御宿自逶迤,紫阁峰阴入渼陂。香稻啄余鹦鹉粒,碧梧栖老凤凰枝。
> 佳人拾翠春相问,仙侣同舟晚更移。彩笔昔曾干气象,白头今望苦低垂。

垂老白头的诗人回忆昔日长安胜地,唯见一片丰美景象,以"香稻啄余鹦鹉粒,碧梧栖老凤凰枝"写出物色之盛,与腹联佳人仙侣之

---

① 见(清)仇兆鳌:《杜诗详注》,卷一,页47。

悠游乐事共同构筑回忆的美好一面。其倒装技巧及内在意蕴,历代讨论者为数不少,先就其倒装句式而言,同一原意可以有另外两种可能的结构:

> 鹦鹉啄余香稻粒,凤凰栖老碧梧枝
> 香稻鹦鹉啄余粒,碧梧凤凰栖老枝①

前一种结构,正是直述顺说的表达法,后一种则较为曲折,意为"香稻乃鹦鹉啄余之粒,碧梧则凤凰栖老之枝"②,都使诗意较易于理解。然而就其内在意蕴而言,实以杜甫所选择者最为丰富精微,能充分完整地表达其迂回沉郁之情思。首先对于前一种"鹦鹉啄余香稻粒"之顺说结构而论,吴见思以为有"直而率"的弊病③,顾修远则以为此句式会坐实其事,且违反了杜甫对香稻、碧梧二物之着重,其曰:"举鹦鹉、凤凰以形容二物之美,非实事也,重在稻与梧,不重鹦鹉凤凰。若云'鹦鹉啄残(余)香稻粒,凤凰栖老碧梧枝',则实有鹦鹉凤凰矣。"④黄生也说:"第本赋红豆(香稻)、碧

---

① 参考〔美〕梅祖麟、高友工合著:《分析杜甫的秋兴》,收入黄宣范:《语言学研究论丛》,台北:黎明文化公司,页258。

② 引自(清)吴景旭:《历代诗话》,卷三八论杜诗倒句,收入《景印文渊阁四库全书》册一四八三,台北:台湾商务印书馆,页304。如此解释者另外尚有《唐(唐汝询)解》引赵注,见(清)仇兆鳌:《杜诗详注》,卷十七,页1497;及(清)吴见思:《杜诗论文》,页143。

③ 见(清)吴见思:《杜诗论文》,台北:台湾大通书局,页143。

④ 见(清)吴景旭:《历代诗话》引,同注八。本段引文据仇兆鳌所引《唐解》则为赵注语,唯缺其中"重在稻与梧,不重鹦鹉凤凰"两句,附志于此备考,见(清)仇兆鳌:《杜诗详注》,卷十七,页1497。

梧,换转即似赋凤皇、鹦鹉矣。"①种种说辞都能把握到重点;但就另一种"香稻鹦鹉啄余粒"的结构而言,这些解释则似有不足,因为此一结构已经一层曲折之安排,可去除"直率"及"坐实其事"之失,也将香稻、碧梧提置句首,达到强调之目的。推求杜甫所以不选择它的原因,除了音调上平仄不合律是重要因素外,应该还有别的理由,那就是以倒装来表达丰富多义的诗意,和一种不拘于现实的"意象化之感情"②。

试看倒装后之句法,"啄余"的主词换为香稻,"栖老"的主词换为碧梧,依序读来,香稻碧梧二物似都化为能动的生命,可啄、可栖,意象矫奇;而"鹦鹉粒"和"凤凰枝"中,鹦鹉、凤凰仿佛也都兼具形容作用,使下面的粒、枝二物得到了额外修饰,而更加显出一种富丽之感,这些都突显了杜甫回忆中丰美富丽、不暇细分的综合印象,不但具有远较于"顺装"时更丰富的想象余地,也使过去的现实经验在回想中再生时,虚实互生,亦真亦幻,得到了纯为感受的意象表现。沈括所谓"语反而意宽"③者,便是有见于此之说;这也是前面所指出"一色两耀""互映生姿"效果的充分展露。

另外,"重在稻与梧"也指出倒装句法的另一个目的:突显主要意象。赵次公注曾说:"既以红(香)稻碧梧为主,则句法不得不然

---

① 见(清)黄生:《杜工部诗说》,卷八,页493。
② "意象化之感情"一词借自叶嘉莹:《论杜甫七律之演进及其承先启后之成就》,收入《迦陵谈诗》,页110。
③ 见(唐)杜甫著,(宋)赵次公等注:《景印宋本新刊校定集注杜诗》,卷三十赵注所引,台北:台北故宫博物院,页27。

也。"① 香稻、碧梧为渼陂上真有的实物,也是杜甫回忆的重点,想象时自然首先浮现于脑海,因此才提领于句首,然后再用鹦鹉、凤凰等华丽之物来强化其丰美之感,这是以诗歌形式来传达"回忆"的确切历程的自然表现。同样地,前面论析的"春酒杯浓琥珀薄"一联,形式上也具有同样的作用:春酒、冰浆是杜甫感受上的重点,或是最先被察觉到的对象,所以才提置于句前,然后才继起各种错综的感知印象。这种对主要意象的强调方法,我们于前一节已有详尽解说,兹不复赘。

除上引两联诗外,杜甫诗集中这类倒装句式还有不少,如:

- 峡坼云霾龙虎卧,江清日抱鼋鼍游。(《白帝城最高楼》)
- 石泉流暗壁,草露滴秋根。(《日暮》)

关于《白帝城最高楼》一联,施鸿保以为:"此亦是倒字句,犹云'龙虎霾云卧坼峡,鼋鼍抱日游清江',与'石出倒听枫叶下'、'红稻啄余鹦鹉粒'等句同。龙虎鼋鼍,乃峡中江内所实有者,惟不必此时果见其卧与游,特为想象之词耳。"② 其中"想象之词"的说法颇接近这种倒装句法的特质,但说"龙虎鼋鼍乃峡中江内所实有者"便有可商之处;仇注引韩廷延则有更合理的解释:"云霾坼峡,山水盘

---

① 见(唐)杜甫著,(宋)赵次公等注:《景印宋本新刊校定集注杜诗》,卷三十,页28。
② 见(清)施鸿保:《读杜诗说》,卷十五,页144。

挐,有似龙虎之卧。日抱清江,滩石波荡,恍如鼋鼍之游。……皆登高临深,极形容疑似之状耳。"①这些都能掌握住倒装处理后一种想象的综合表现特质,而恍然有"日抱"的奇特意象,和种种疑似之状。至于《日暮》的"石泉流暗壁,草露滴秋根"一联,仇兆鳌以为:"本是'暗泉流石壁,秋露滴草根',却用颠倒出之,觉声谐而句警。"②这是以平仄声律的考虑来设想,并指出新警之效果;另外黄生所说:"抽换之可得四联。"③则指出这一类句式普遍的特质:引发多种可能的感受经验。这些在前面的分析中都已曾触及。

至此,我们可以归纳此种倒装句式的几个特点:

一、字质间有"一色两耀""互映生姿"的效果,因此就个别意象而言,更增加丰富的表现力。

二、诗句"语反而意宽",目的在表达一种感受上的综合呈现,其间意象重叠、错置,遗漏细节安排,因此整体意象特别接近于回忆或想象的错觉。而所谓"抽换可得数联",只是我们尝试去理解它的方法。

三、具有强调主要意象的作用。

当我们回顾前一节论析的倒装技巧时,可以发现同样也有"抽换可得数联"和强调主要意象的特点,但这只是表面的雷同,深入探讨,其目的和整体效果却有极大差别,对人类感官经验的探索角度也大异其趣,可以说是意象感受上的两个极端现象,值得比较其

---

① 见(清)仇兆鳌:《杜诗详注》,卷十五,页1276。
② 见(清)仇兆鳌:《杜诗详注》,卷二十,页1754。
③ 见(清)黄生:《杜工部诗说》,卷五,页271。

间差异。以下试分项比较之：

一、前一节所论倒装乃专为塑造色彩意象而言，且其感知历程乃在引导读者从各种状态中，逐步达到对某一具体实在物的确认，自合于一种感受规律（此规律即前一节简图所示）；而本节所论倒装法，却在提出主要品物之后，便进入一虚实相间、抽象与具体交杂的曲折之中，才说一物，忽又接一不相干之物事，完全打破人类习惯的经验模式和认知规律。

二、若说前者是利用倒装来抉发一条因为过于精微而很少为人发现的经验方式，使平常或因习惯性的浮面认识态度，或因感官的综合作用而模糊的感受次序，能够清晰而确实地呈显出来，后者则反过来是利用倒装来打破平常清楚而有条理的感知习惯，使之复杂而模糊，以造成综合错综的感受。

三、前一种倒装法是企图利用倒装来从纷杂的多种可能感受中，确立一个特定方式，这是多中取一、并强调此"一"的方向；后者则企图在一个被习惯地接受和表达的感知方式之外，利用倒装来同时传达多种可能性，而使意象丰富、复杂化，这是由一呈多的方向。因此这两种倒装句在表达上虽然都有多种装造可能，杜甫选用时，目的却完全不同。

两者都同为人类深层心理所隐含，却又是超出一般感觉经验的两种方向，一个取其精微，一个取其纷杂错综，杜甫不但能够以其敏锐的眼光体悟出来，并首先以诗歌形式表现出来，所以赵翼论杜诗创体时也特别举出这两种句式[1]，肯定其开拓的成就。除上

---

[1] 见（清）赵翼：《瓯北诗话》，卷一，收入郭绍虞辑：《清诗话续编》，页2254。

一节所述之外，本节所论的倒装错置法也为后世开启一大法门，其中承袭此式最有名者，是韩愈的《雪》诗："舞镜鸾窥沼,行天马渡桥。"只是此联虽然历来为注家所广征，其效果却是"稍牵强,不若前人之语浑成"①，并不及原创者运用得自然。可见创新形式的意义不只在于创造力的发挥，更重要的是促成此一形式的出现背后所蕴藏的心灵情感的深微力量，因为当旧有形式都不能使某一情感感受得以恰如其分地表现出来时，才会有创新形式的相应要求，也唯有在这种"不得不然"的根基上，意义表现才能兼具新奇与自然浑成。这是我们讨论杜甫塑造意象所作的形式创新时所不能忽略的。

第三节　当句对：交叠递进的复合意象

《文镜秘府论》东卷论对曰："或曰文词妍丽，良由对属之能；笔札雄通，寔安施之巧。若言不对，语必徒申，韵而不切，烦词枉费。"②从对句形式有助于藻饰文词、强化笔力以及精约语词的角度来加以推重，并总览前人所立诗格式，并其同、选其异，都为二十九种对，大大逾越既有之藩篱③，使诗式益加完备，对诗的创作法度与欣赏也更为精密。其第二十种曰"当句对"，便已注意到纷罗并陈的多种对偶中一种自成一格的特殊法门，不过就其认识而言，并

---

① （宋）沈括语，见（唐）杜甫著，（宋）赵次公等注《景印宋本新刊校定集注杜诗》，卷三十赵次公注，页27。
② 引自（唐）空海：《文镜秘府论》，台北：学海出版社，页82。
③ 《文心雕龙·丽辞》篇提出言、事、反、正四对，《诗人玉屑》卷七载初唐上官仪六对、八对之说，对诗歌之偶对技巧已有充分的自觉，分类亦愈加精密。

未能使我们充分把捉到此一对句形式的精确定义,进而掌握其对诗人驱遣文字以表达美感经验的助力何在,因此厘定其意涵是本节首要之工作。

首先,空海于"当句对"此一条目下但举例证,不立定义,其例证为:"熏歇烬灭,光沉响绝。"①以四言体为限,颇失简略,于五、七言体对句形式之认识泰无大助。不过其所举诗例与洪迈所了解的大致相同,《容斋诗话》云:

> 唐人诗文,或于一句中自成对偶,谓之当句对,盖起于《楚辞》:"蕙烝兰藉,桂酒椒浆。桂棹兰枻,斫冰积雪。"自齐梁以来,江文通、庾子山诸人亦如此。如……杜诗:"小院回廊春寂寂,浴凫飞鹭晚悠悠"……养拙干戈、全生麋鹿……古庙杉松、岁时伏腊……伯仲之间、指挥若定"……不可胜举。②

由其所举诸多诗句印证"一句中自成对偶"之界定,可知其所谓"当句对"的形式构造十分宽泛,一句不论字数为四言、五言、七言,自对者不论位置,句中只需容纳可相与成对的语类、单字,便都归之为"当句对"之格,其定义之宽、用法之泛,甚且将习惯连用之词组如伯仲"指挥""干戈""麋鹿"等亦列入自对的范围,若此,则几无诗法可供遵守、运用矣;故必裁汰冗杂,取一定式,由此入杜甫诗之堂奥,以观其所呈显的另一意象之美。

---

① (唐)空海:《文镜秘府论》,页104。
② (宋)洪迈:《容斋诗话》,卷二,台北:广文书局,页59—60。

第四章　意象塑造之特殊形式

《石林诗话》曰:"唐人学老杜,惟商隐一人而已。"① 近人钱锺书亦云:"惟义山于杜,无所不学。"② 可见李商隐涵泳杜诗,所得独多且深,取其对"当句对"之运用而推求定义,应可得一确切准式。《李义山诗集》卷中有一七言律诗,题曰《当句有对》,诗云:

> 密迩平阳接上兰,秦楼鸳瓦汉宫盘。池光不定花光乱,日气初涵露气干。但觉游蜂饶舞蝶,岂知孤凤忆离鸾。三星自转三山远,紫府程遥碧落宽。

清冯浩注曰:"八句皆自为对,创格也。"③ 观此八句自对法,可见其有一根本之语脉截断位置,即七言句中造成上四下三两段式并列,意义上有对照或通贯的两段关系,两段之间再以同类词组彼此成对,举其中几句为例:

进一步细察可见上下成对之两词组更精密地被安排于相对位置上,形成"平行的"对仗关系,可视为"句中又成对句",此即七言诗当句对最严格之形式。故如王力所指出的:"如系七言,往往是上四字和下三字相对。这样,虽然在字数上不相等,在意义上却是

---

① (清)何文焕辑:《历代诗话》,页403。
② 钱锺书:《谈艺录》,香港:龙门书店,1965年,页203。
③ (清)冯浩:《玉溪生诗集笺注》,台北:里仁书局,页730。

颇工整的对仗。"①正是指此而言。

同时,我们可以进一步再就此八句分别出两种不同的对仗关系,亦即"一种是字面不同的",如"平阳"对"上兰","孤凤"对"离鸾","一种是有一个字相同的",如"日气"对"露气","池光"对"花光"②,这就是七言当句对的两种对仗形式。本节以下论析杜诗当句对之运用及其造成之意象特色时,便以七言诗的这两种当句对式为讨论范围,同时一方面接受"上四字和下三字相对"的定义(即自对之词组须分置于上四字和下三字中),另一方面却并不要求严格到一如李诗"当句平行对仗"的法式;而凡合于此者,不论句之单双、位处何联,皆为讨论对象。是为本节论析基础。

首先举人人传颂的《闻官军收河南河北》为例,诗曰:

> 剑外忽传收蓟北,初闻涕泪满衣裳。却看妻子愁何在?漫卷诗书喜欲狂。白日放歌须纵酒,青春作伴好还乡。即从巴峡穿巫峡,便下襄阳向洛阳。

此是五十二岁的杜甫于代宗广德元年居梓州所作。颠沛流离、穷途衰老已使一心忧国思归的诗人不放弃任何一丝微弱的光芒与希

---

① 见王力:《中国诗律研究》,台北:文津出版社,页180。不过其所举句例多有逸出此义之外者,且其又谓:"句中自对,而另一句不再相对。"(页179)以及:"这种句中自对的办法只能用于首联的出句或对句。"(页180)则与本节分析结果不合,为本文所不取。

② 周振甫已注意到此区别,引文见《诗词例话》,台北:学海出版社,1984年,页296。不过他也未坚持"上四下三对仗"的当句对式,与本文不合。

望,只要有返乡的可能,便能以无限的渴念与狂喜使蒙罩着重重黑幕的生活绽放出无限的光彩与热力。一如范梈云所言:"杜诗有以整暇胜者,有以仓卒造状胜者。此诗之忽传、初闻、却看、漫卷、即从、便下,仓卒间写出欲歌欲哭、喜极发狂之状,使人千载如见。"①但事实上,除了借助副词以加强动词的效果之外,诗中对地名的频繁而巧妙的运用,更是功不可没,朱瀚说:

> 地名凡六见,主宾虚实,累累如贯珠,真善于将多者。②

而六个地名中尾联便融铸了四个地名,联中各句自统摄两地,密度极大却不纷陈杂乱,虽杂多却能统一,造成一气流宕、快逸奔泻的快感,充分显发诗人仓卒迫切的飞想急念,此实端赖于句中自对之运用,且更进一步使自对的地名同字重出,如巴峡与巫峡,襄阳与洛阳,造成上递下接、节奏疏快的效果;兼之以"即从、便下""穿、向"等动词、副词的指示性辅助,造成四地一脉串联,引导出一条迅疾如飞的返乡路线,令前面蓄积饱涨的歌哭喜泣之情得到畅快的宣泄,留下一似尽未尽的圆满句点,使千载之下得以同感其喜跃之状。此联可说是诗人之情致与思力瞬间凑泊的产物,喜狂之情致推动了想象的翅膀,炼度之思力则谋取最饱满的表现法以辅成之,造成刹那间飞越千里、迅捷至极的流动意象。溯察此联背后之诗心,真是视天下如指掌,缩千里于方寸之间;又能不令人感到堆

---

① (清)范梈云:《岁寒堂读杜》,卷九,台北:台湾大通书局,页516—517。
② (清)仇兆鳌:《杜诗详注》,卷十一引,台北:鼎文书局,1979年,页969。

垛重叠之病,尽享"轻舟已过万重山"的速度感,故清浦起龙许之为杜甫"生平第一首快诗也"①,诗之凝练与飞跃共融于一体,手笔如神,令人激赏。赵翼《瓯北诗话》所称:"浩气喷薄,如神龙行空,不可捉摸。"②于杜甫此诗洵非虚言。

杜甫诗集中当句对式之运用灵活多姿,妙态横生,如《江畔独步寻花七绝句》也展现另一种清新可喜的风貌:

> 江深竹静两三家,<u>多事红花映白花</u>。报答春光知有处,应须美酒送生涯。(其三)
>
> 黄师塔前江水东,春光懒困倚微风。桃花一簇开无主,<u>可爱深红爱浅红</u>。(其五)

以当句对"多事红花映白花""可爱深红爱浅红"表现春天繁花盛开、色彩交映之状,颇为具体可感。尤其不避花、红重叠运用,质朴中又能传达新鲜贴切的感受,生动地传达出杜甫悲老惜少、独步寻花的爱花惜春之感。黄生评赏曰:"桃花一簇,任人玩赏,可爱其深红乎?可爱其浅红乎?言应接不暇也。"③所谓"应接不暇"正道出当句对此一句式所造成的意象特色。再看《曲江对酒》所云:

> 苑外江头坐不归,水精宫殿转霏微。<u>桃花细逐杨花落</u>,黄

---

① (清)浦起龙:《读杜心解》,卷四之一,页628。
② 收于郭绍虞辑:《清诗话续编》中册,页1346。
③ (清)黄生:《杜工部诗说》,卷十,页571。

> 鸟时兼白鸟飞。

诗中以"桃花细逐杨花落,黄鸟时兼白鸟飞"两句写出久坐不归的诗人眼前桃花、杨花纷纷繁落,各色鸟儿时时相兼飞起之景象,缤纷中不失闲适,沉静中寓有无声的热闹,一语道出盎然自在之天机,诵之其味无穷。其中花、鸟各自重复两次,尤有助于声音和视觉上顺畅和缤纷之感。又《阌乡姜七少府设鲙戏赠长歌》曰:

> 饔人受鱼鲛人手,洗鱼磨刀鱼眼红。无声细下飞碎雪,有骨已剁觜春葱。

将少府中设鲙置席时,掌厨者动作之灵活利落、身手之熟练稳健,气势一气呵成地呈现眼前,而恰如其分表现出少府尊上之身份地位;此生动利落之意象更借由"饔人受鱼鲛人手,洗鱼磨刀鱼眼红"两句之助而充分传达出来。另外杜甫于夔州所作《峡中览物》一诗亦谓:

> 曾为掾吏趋三辅,忆在潼关诗兴多。巫峡忽如瞻华岳,蜀江犹似见黄河。

扣住一"忆"字,而时空挪移,现时目前所见之巫峡、蜀江同时叠映着往昔少壮迹游之华岳、黄河,在回忆的牵引中摆落光阴的步履和地理的阻隔,而比类交关,直取连结诗人生命之线的两个端点,彼此交叠互映的意象中寓有多少年华不再和流浪天涯的感慨！借着当句对式的串连，更能直接传达其"眼中景、心中事"的绾合状况。同此，在《秋兴八首》之中也以当句对式绾合情思之逗引而展现了情景交融的化境：

<blockquote>
瞿唐峡口曲江头，万里风烟接素秋。花萼夹城通御气，芙蓉小苑入边愁。珠帘绣柱围黄鹄，锦缆牙樯起白鸥。回首可怜歌舞地，秦中自古帝王州。（其六）
</blockquote>

首句"瞿唐峡口曲江头"即是典型当句对式的构造，方东树评首联曰："瞿塘，己所在地；曲江，所思长安地，却将第二句回合入妙。"① 黄生亦曰："一二分明言在此地思彼地耳，却只写景。杜诗至化处，景即是情也。"② 其效果则为吴瞻泰所指出的："觉瞿唐曲江相隔万里，直是一片风烟相接耳。"③ 在地理空间的跳接中包蕴无限的怀思与凄凉，且为全诗"回首"之动作点化具体方向，提挈八首主要脉络中长安与夔府、现实与回忆之间挣扎的关键，其情致与思力之配合可说是完满入化，极兴诣之神矣。

除上文所举诗例之外，杜诗运用当句对式之处实所在多有，非但尽去形式化之弊，且兼能笔势变化，别开生面，极尽此式开发的各种可能性。以下便依前文所论当句对的两种对仗方式，分为两

---

① （清）方东树：《方东树评今体诗钞》，台北：联经出版公司，页206。
② （清）黄生著，徐定祥点校：《杜诗说》，合肥：黄山书社，1994年5月，卷八，页332。
③ （清）吴瞻泰：《杜诗提要》，卷十二，页644。

类试加观析：

一、自对词组各有一字重出者

刘勰《文心雕龙·练字》篇曾云："重出者，同字相犯者也。《诗》《骚》适会，而近世忌同，若两字俱要，则宁在相犯。"①将"两字俱要，则宁在相犯"之理施诸当句对之中，则是自对词组各有一字重出者。

这种句式虽然早早即见诸梁简文帝萧纲的"倾城且倾国，如雨复如神"（《率尔为咏诗》）、梁何逊的"可闻不可见，能重复能轻"（《咏春风》）、北周庾信的"残月如初月，新秋似旧秋"（《拟咏怀诗二十七首》之十八）、隋刘梦予的"客心还送客，悲我复悲君"（《送别秦王学士江益诗》）、隋鲁本的"相悲不相见，幽絷与幽泉"（《与胡师耽同系胡州出被刑狱中诗》）②诸联，入唐以后，则有武则天的"高人叶高志，山服往山家"（《赠胡天师》）、沈佺期的"喜气迎冤气，青衣报白衣"（《喜赦》），杜甫之前不久的王维亦有"独在异乡为异客"（《九月九日忆山东兄弟》）之句；然而以全局观之，却都属于偶一为之的尝试之作，不如杜甫乃是系统性的大量运用，属于自觉性的诗法革新，诸如：

● <u>新鬼烦冤旧鬼哭</u>，天阴雨湿声啾啾。（《兵车行》）

---

① （南朝梁）刘勰著，詹锳义证：《文心雕龙义证》，上海：上海古籍出版社，1989年8月，卷八，页1467。
② 四联分见逯钦立辑校：《先秦汉魏晋南北朝诗》册下，页1939、页2369、页2734、页2734。

- 翻手作云覆手雨,纷纷轻薄何须数?(《贫交行》)
- 即事非今亦非古,长歌激烈梢林莽。(《曲江三章章五句》之二)
- 黄蒿古城云不开,白狐跳梁黄狐立。(《同谷七歌》之五)
- 二月已破三月来,渐老逢春能几回?(《绝句漫兴九首》之四)
- 时危安得真致此,与人同生亦同死?(《题壁上韦偃昼马歌》)
- 锦城丝管日纷纷,半入江风半入云。(《赠花卿》)
- 不薄今人爱古人,清词丽句必为邻。(《戏为六绝句》之五)
- 大麦干枯小麦黄,妇女行泣夫走藏。(《大麦行》)
- 乌帽拂尘青骡粟,紫衣将炙绯衣走。(《从事行赠严二别驾》)
- 朱樱此日垂朱实,郭外谁家负郭田。(《惠义寺送辛员外》)
- 稻米流脂粟米白,公私仓廪俱丰实。(《忆昔二首》之二)
- 晚将末契托年少,当面输心背面笑。(《莫相疑行》)
- 戎马不如归马逸,千家今有百家存。(《白帝》)
- 今日苦短昨日休,岁云暮矣增离忧。霜凋碧树作锦树,万壑东逝无停留。(《锦树行》)
- 巫山不见庐山远,松林兰若秋风晚。(《大觉高僧兰若》)
- 千崖无人万壑静,三步回头五步坐。(《忆昔行》)
- 方冬合沓亦阴塞,昨日晚晴今日黑。(《复阴》)

以上诗例中,如《兵车行》写兵连祸结,驱民锋镝,凄魂屡添,烦冤无处得诉,以当句对式"新鬼烦冤旧鬼哭"写出,恍然能闻无数啾啾鬼哭纷纷逼来;《贫交行》的"翻手作云覆手雨"和《莫相疑行》的"当面输心背面笑"写年少轻薄者交谊不诚无厚,翻脸如翻书的炎凉之态,读来真令人不寒而栗;《同谷七歌》之五的"白狐跳梁黄狐立"直将杜甫困居恶山穷谷的险绝具体表出,白狐黄狐跳立于周遭,危机四起,处处难逃;《题壁上韦偃画马歌》的"与人同生亦同死"颇能传达马与人患难相共的真情;《戏为六绝句》之五的"不薄今人爱古人"则将他出现在连章诗中的论诗主张如"递相祖述复先谁""转益多师是汝师"更清楚明白地道出,今人古人皆是递相祖述、辗转取益的目标,可见其包罗纷广之胸襟;《忆昔二首》之二的"稻米流脂粟米白"表现了杜甫回忆中开元全盛时,天下昌平、仓廪丰实之盛况,那片年丰食足、脂流粟满的胜景,相对于《大麦行》中"大麦干枯小麦黄"的饥馑荒凉、民不聊生,民生状况真是天差地别的两个极端,其意象之突出恍然可感;《绝句漫兴九首》之四的"二月已破三月来"和《锦树行》的"今日苦短昨日休""霜凋碧树作锦树"则具状描绘出时间飞逝之速度感,一日接一日,一月接一月,碧树转眼为霜所凋,人也倏忽白头,读来令人惊心;《从事行》的"紫衣将炙绯衣走"刻画忙碌迅俐之状,如在目前;而《赠花卿》之"锦城丝管日纷纷,半入江风半入云"则能在法度之内另辟蹊径,以清奇警拔之句写意外变化之思,别具妙态;可以说,杜甫已尝试了此类体式之各种可能,塑造了别具特质的意象表现。故钱锺书认为:"此体创于少陵,而名定于义山。"① 这是可以成立的。

二、自对词组字面不同者

- 杨花雪落覆白蘋,青鸟飞去衔红巾。(《丽人行》)
- 春天衣着为君舞,蛱蝶飞来黄鹂语。(《白丝行》)
- 春光潭沱秦东亭,渚蒲牙白水荇青。(《醉歌行》)
- 辇前才人带弓箭,白马嚼啮黄金勒。(《哀江头》)
- 赤汗微生白雪毛,银鞍却覆香罗帕。(《骢马行》)
- 楚宫腊送荆门水,白帝云偷碧海春。(《奉送蜀州柏二别驾》)
- 为君酤酒满眼酤,与奴白饭马青刍。(《入奏行赠西山检察使窦侍御》)
- 南极一星朝北斗,五云多处是三台。(《送李八秘书赴杜相公幕》)
- 麒麟图画鸿雁行,紫极出入黄金印。(《惜别行送向卿进奉端午御衣之上都》)
- 朱绂即当随彩鹢,青春不假报黄牛。(《舍弟观赴蓝田取妻子到江陵喜寄三首》之一)
- 此身漂泊苦西东,右臂偏枯半耳聋。(《清明二首》之二)

这类诗句于杜甫诗集中亦不少,由以上诗例即可见此种当句对式

---

① 钱锺书:《谈艺录》,北京:中华书局,1987,页 11。当然,"当句对"之定名不晚于李商隐,中唐诗僧皎然《诗议》中,就已经提及:"诗有八种对:一曰邻近,二曰交络,三曰当句……"王利器校注:《文镜秘府论校注》,北京:中国社会科学出版社,1983 年,页 225。

一方面造成事物纷集、双行并至的感受，如《白丝行》写蛱蝶俱来、黄鹂叮咛之春色，《清明二首》之二写疾病缠绵、祸不单行，即是如此；但另外一大部分则主要是用于视觉意象的塑造上，如《舍弟观赴蓝田取妻子到江陵喜寄三首》之一、《丽人行》《骢马行》《惜别行》等都充分展现视觉上色彩纷然夺目之美感，借由句中对偶的关系而融入更多的颜色字，写富贵能清美而不俗艳，巧致而不匠气，笔调于规矩之中自有活法，耐人细咏，可说是塑造色彩意象的一大体式，可与本章第一节互为参看。

由以上众多具体诗例及其效果分析，可以断定杜甫乃有意识地、自觉地运用"当句对"这种修辞技巧来表现或塑造其诗中之某种意象，而此特殊意象的构成有两大特色：

第一，组成当句对偶之词组常复字重出，声形重复，如第一类诗。此类诗虽在对偶更加紧密、讲究的情况下，犹能音叠韵融、语势流动，使紧密的形式有舒缓的余地，诵读时，因为声音重复而更加畅快，也因为字形重出而强调了特定的景物意象，成为复合意象塑造上的一大创格。

第二，其所呈现的意象效果，于事物则纷然交递，于色彩则缤纷烂然，于空间则千里如飞，于时间则今昔一瞬。而总贯此种种效果之中的同一机轴者，厥在其"纷至沓来、目不暇给"的动态之感；其间意象交迭递进，安排于一理路井然的形式中，因此虽繁复而自合一秩序。由此发为万端，构造敷写，遂各得以上所言种种事物纷集、时空迅接及色彩缤纷之姿貌。

在探讨杜甫对七言当句对的运用之后，我们要进一步探讨此一形式在文学史上的意义。就第一类之当句对式而言,这种自对词组同字重出的运用方法,乃杜甫之前所罕见,以致钱锺书指出:"此体创于少陵,而名定于义山。"①便特指覆字重出的这一体式;《丹铅录》也认为此体为后人祖述的目标,谓:"梅圣俞'南陇鸟过北陇叫,高田水入低田流',黄山谷'野水自添田水满,晴鸠却唤雨鸠来',李若水'近村得雨远村同,上圳波流下圳通',其句法皆自杜来。"②可见在杜甫大量运用以后始为后世创立一规模法度,于诗歌技巧上开辟新人耳目的途径,并塑造随此技巧而来的特殊意象。也由于杜诗当句对偶之词组复字重出之诗例甚多,所以虽然近有修辞学者认为"即从巴峡穿巫峡,便下襄阳向洛阳"等同字重复之类,并非当句对之佳作,应属杜甫无意的偶然手笔③,然而衡诸前文论证,此种意见明显是不能成立的。后人祖述此法,更是迭有所作,除本节前面已举之李商隐《当句有对》诗外,诗话中传诵之名句亦复不少,诸如:

- 东涧水流西涧水,南山云起北山云。前台花发后台见,上界钟声下界闻。([中唐]白居易《寄韬光禅师》)
- 莫忧世事兼身事,且着人间比梦间。([中唐]韩愈《遣兴》)
- 南军不袒北军袒,四老安刘是灭刘。([晚唐]杜牧《题商山四皓一绝》)

---

① 钱锺书:《谈艺录》,香港:龙门书店,页13。
② 引自(清)仇兆鳌:《杜诗详注》,卷六,页450。
③ 详见郑子瑜:《郑子瑜修辞学论文集》,香港:中华书局,页210。

第四章　意象塑造之特殊形式

- 座中醉客延醒客,江上晴云杂雨云。([晚唐]李商隐《杜工部蜀中离席》)
- 纵使有花兼有月,可堪无酒又无人。([晚唐]李商隐《春日寄怀》)
- 一阵风来一阵沙,有人行处没人家。([晚唐]周朴《塞上曲》)
- 活水还将活火烹,自临钓石汲深清。([宋]苏轼《煎茶诗》)
- 南岭禽过北岭叫,高田水入低田流。([宋]梅尧臣《春日拜垄》)
- 野水自流田水满,晴鸠却唤雨鸠归。([宋]黄庭坚《自巴陵入通城呈道纯》)
- 南高云过北高宿,里湖水出外湖流。([宋]邵长蘅《西湖》)

细玩各句,雕巧刻画更有甚焉,而一总归于杜诗堂奥,其间脱胎之迹十分明显。其实除此诸人之外,以此法创作过者,唐尚有元稹、郭郧、薛能、郑谷、周朴、韦庄、杜荀鹤、陆龟蒙、裴说,宋尚有王安石、邵尧夫、吕居仁、罗尚友等共不下数十家①,可以说若无杜甫之创新启迪,后起诗人能否推倡此式,殆不无疑问。事实上,关于此点,黄山谷本人论句法即已透露此中玄机,《潜溪诗眼》记载:

---

①　诸诗人及其作品详参钱锺书:《谈艺录》,页13—15及页216—217。其他诗话如《甚原诗话》卷二、《瓯北诗话》卷十二皆各有征引,唯远不及钱说范围,见郭绍虞辑:《清诗话续篇》。

句法之学,自是一家工夫。昔尝问山谷:"耕田欲雨刈欲晴,去得顺风来者怨。"山谷云:"不如'千岩无人万壑静,十步回头五步坐'。"此专论句法,不论义理,盖七言诗四字三字作两节也。①

山谷以为在句法上为比较之优者,正是本文所论的杜甫创格之作,由此可知杜甫对其后诗歌创作的开拓、启迪之功乃是昭然如揭的。杜甫在诗国中隆地而起,涵育了群峰万峦,每一座山尖都能遥遥引领后世诗运的脚步,受到后人的推崇;在探析杜甫于七言当句对中别树一格地创立新的体式,并塑造交递缤纷的意象之后,我们又找到了杜甫所贡献的一座山峰,得以进窥其伟大的成就之一。

---

① 见郭绍虞:《宋诗话辑佚》,页330。

第五章　意象表现之特质

由以上各章对杜诗意象主题内涵和意象塑造方法之突破等探讨，我们可以看出杜甫以诗歌抉发形象世界所做的种种努力，使意象的深度、广度都得到了最大的拓展，也就是"比其他任何诗人都更广大更深入地探索人类经验的世界，而且也将该语言的领域扩大"①。因此我们能够充分肯定刘若愚所指出的杜甫在中国诗歌意象发展史上的地位，并掌握到杜甫在生命与艺术两方面都具有的高度成就。

在前面各章对杜甫重要的意象作个别分析后，本章将要做综合融贯的工作，找出贯穿于杜诗意象背后的构成因素，以及表现出来的特质。现象学家杜夫润（Mikel Dufrenne）曾说："作品无疑堪称是作者的化身，它载有作者或忧或苦地签下的、或深或浅的署名；它带着创作历程的烙印；它指定它的作者。……作者不在任何地方，唯有在作品之中。"②这是对作者与作品之间关系的解答，同样地，作品中的意象塑造之时，不但带有作者的化身，也带着创作历程的烙印，因此也就具备有别于他人的表现特质。对特质的探讨不但有助于了解杜甫之所以为杜甫之独特性，更重要的是可以

---

① 〔美〕刘若愚著，杜国清译：《中国诗学》，页149。
② 见〔法〕杜夫润著，岑溢成译注：《文学批评与现象学》，收入郑树森编：《现象学与文学批评》，页67。

借之使诗人的内在理念获得阐发,也能对其意象塑造的一贯性得到整体掌握。发现独特性只是表面现象的区分,而执此独特性再进一步阐发诗人之意向(intention)和对世界的观照态度,才算探入根源,也更具有深层意义。

本章便依以上的研究原则,归纳出杜甫意象塑造的几个特质,可以得出下面三项:一是以情入物,物我同理;二是细腻致密,体物深微,此二项特质又时时互为因果,一体呈现;第三是杜甫自许的"沉郁"之表现;这其实也与前二者统合于一个体中,而互有内在联系,这在下文讨论时将可以看到。以下便依此三项分述其义。

第一节 以情入物——"浮生之理"与"物理"合一的世界观

原本诗歌创作便离不开主观情志和客观景物两项条件,舍却其中任何一项诗作都不足以成立,因此"情景交融"历来是备受文学理论探讨的课题。然而情有深浅之分,表现力有巧拙精粗之高下差别,观物的方式更因人而异,因此"情景交融"的实际展现也便有种种不同的样态。对杜甫而言,他和外物的关系并不是一般的"缘情感物"而已,还进一步将自己深入地放顿其中,由物观我,由我体物,物我之间共具命运和情思的同一性关系。所以当他塑造意象时,便以全幅的人格精神与感情意志投入于对象之中,使外物化成心志的延伸和情感的赋形者,进而造成诗中意象的丰富深刻。以咏物为例,清李重华曾提出两种不同的创作标准来加以轩轾:

第五章　意象表现之特质

咏物诗有两法,一是将自身放顿在里面,一是将自身站立在旁边。①

杜甫选择的态度便是前者,仇兆鳌也说他"每咏一物,必以全副精神入之,故老笔苍劲中,时见灵气飞舞"。② 事实上,杜甫除了一般的专题咏物之外,一般诗中出现的形象也都是经由他"将自身放顿在里面"的诠释染化后,所塑造出来的意象表现,一样能充分体现其情志内容。而对杜甫"将自身放顿在里面"一法所做的最佳诠释,莫过于叶嘉莹先生的阐发:

杜甫(除了是一位写实诗人的巨擘)同时却又是一位感情最为深厚热挚的诗人,他经常把他自己的一份强烈的感情,投注于他所写的一切事物之上,使之因诗人的感情与人格的投注,而呈现了意象化的意味,正如我在前面所说的杜甫诗之意象化乃是"以情入物"的结果,他原来就是因了把自己的感情投入,而使一切他所写的现实之事物意象化起来的。③

尤其相对六朝诗人之以"将自身站立在旁边"的旁观角度来从事客体物的描绘而言,杜甫这种"以情入物",用深挚沉厚之人格与感情染化对象,使之成为具有象喻意义的意象化表现,无疑是更为突出

---

① 见《贞一斋诗说》,收于(清)丁福保辑:《清诗话》,台北:源流出版社,页930。
② 见(清)仇兆鳌:《杜诗详注》,卷一,页19。
③ 见叶嘉莹:《迦陵谈诗》,页280。

而能撼动人心的。因此,黄生所说"杜诗至化处,景即是情也"①以及王嗣奭所谓"于无情中看出有情"②等等,各评注家相类于此的评语,可以说都是一本于对杜甫"以情入物"的体悟而发的。

于此,除了发现此一特质外,我们当更进一步探究造成此一特质之原因所在。因为热烈之感情的发动必须经由整个人格思想的规范,才能不流于盲目或短暂,或失于粗率而狂躁,由此思想与感情的互动关系言之,就必须牵涉到杜甫生命观、世界观的问题了。

通常讨论到杜甫感情之深挚者,大都会注意到诗人对人伦所在之家国百姓深厚的挚念和顾惜,这点诚然使杜甫写出如《兵车行》《前出塞九首》《后出塞五首》《哀江头》《三吏》《三别》之类的写实佳作,并因此获得立于多数诗人之上的地位,但这些对象却只是他情感投入的一个方向而已,并不构成他关怀的全部内容;于是讨论者又注意到杜甫对一般生物的同情表现,赞许他仁民爱物的博大胸襟,这点固然已触及要点,惜多泛说,不离以人为本位的诠释态度,未为深论。质言之,对杜甫而言,情的发用与厚积,都基于一个对理想世界的冀求而来,这理想的世界是指所有生命都能和谐自适,不逾其分也不被侵夺的共存状态,用他自己的话来说就是"易识浮生理,难教一物违"(《秋野五首》之二)一联所包含的内容。这个"物"包含杜甫自己和自己的同类,如《水宿遣兴奉呈群公》的"我行何到此,物理直难齐"中,将"我"之生理归于物理之

---

① (清)黄生:《杜工部诗说》,卷八评《秋兴八首》之六首联语,页496。
② 见(清)仇兆鳌:《杜诗详注》,卷九引《杜臆》评《江涨》语,页747。

一,即是一证①;此外也包含世上任何的生命与存有物,每一存有物如果失去其自适应然的位置,都会令杜甫耿耿于怀,进而促使他奋笔代言,发出感叹,故有"帘户每宜通乳燕,儿童莫信打慈鸦"(《题桃树》)之殷殷叮咛。黄生即洞察此中胸怀,指出:

> 此诗与五言"枣熟从人打,葵荒欲自锄。盘餐老夫食,分减及溪鱼"同意,所谓"易识浮生理,难加(案:加应作教)一物违"也。②

而吉川幸次郎对此有更详尽的诠释:

> 一物,即使只是一个存在物,离开了它应处的位置,也是难以忍受的;如果这种事态发生了,就要感到抵忤。而这就是浮生的道理。让所有的存在物都幸福地和谐地存在,这样的世界就是杜甫所理想的。为迎接这个理想的实现而不倦地呼吁,对妨碍它的实现的种种因素不倦地抗议,这就是存在于杜甫所有言论骨子里的内容。③

---

① 另如《乐游园歌》的"圣朝亦知贱士丑,一物自荷皇天慈"和《客亭》诗的"圣朝无弃物,衰病已成翁",其中所言之"物"皆隐含杜甫自己,两诗比看,其意尤为明显。仇兆鳌以"一物自荷皇天慈"的"物"字为酒,不但曲折难通,兼且诗蕴不厚,颇为可商,见《杜诗详注》,卷二,页103。

② (清)黄生著,徐定祥点校:《杜诗说》,合肥:黄山书社,1994年5月,卷九,页360。

③ 见〔日〕吉川幸次郎著,孙昌武译:《杜甫的诗论与诗——在京都大学文学部的最后一课》,收入萧涤非主编:《唐代文学论丛》总第七辑,页57。

因此杜甫不但以所谓社会写实诗来为受到压榨的人民发抒不平,也以为例甚多的诗作来抉发万物受到的违逆其位的痛苦,例如《麂》诗伤"乱世轻全物",《又观打鱼》诗对"半死半生犹戢戢……倔强泥沙有时立"的大鱼寄予无比痛惜,都莫不是出于一片深心的关怀而作,其同情绝不亚于对人民百姓所付出者。这种类似于"难教一物违"的自道为例不少,如:

  物情无巨细,自适故其常。(《夏夜叹》)
  物微意不浅,感动一沉吟。(《病马》)
  物微限通塞,恻隐仁者心。(《过津口》)
  物微世竞弃,义在谁肯征?(《桉拂子》)
  万邦但各业,一物休尽取。(《雷》)

都是这种世界观的告白,尤其诗例中多以"微物"来引发感慨,更能表现杜甫澈入之深厚不遗。其他如"雨露之所濡,甘苦齐结实"(《北征》)、"吾徒胡为纵此乐,暴殄天物圣所哀"(《又观打鱼》)、"上天无偏颇,蒲稗各自长"(《秋行官张望督促东渚耗稻向毕清晨遣女奴阿稽竖子阿段往问》)等,都表现了杜甫对万物生成之道的洞识,与他对此一生成之道所化显的生生之物的无比珍惜。这种无论巨细微物同为生成之道一视同仁地沾濡(所谓"上天无偏颇""甘苦齐结实")而各具其义其理的世界观,不但是杜甫仁民济世大愿之出发点,也是促使他积极对一切生命投入深情注视的根本力量。仇兆鳌注《除架》一诗曰：

> 唐人工于写景，杜诗工于摹意。"宁辞青蔓除"，能代物揣分，"岂敢惜凋残"，能代物安命，不独《鹰》《燕》诗善诉衷情也。①

钟惺评杜甫《归雁》诗时，连带阐释其他包括《苦竹》《蒹葭》《胡马》《病马》《鸂鶒》《孤雁》《促织》《萤火》《归雁》《鹦鹉》《白小》《猿》《鸡》《麂》等咏物诸篇云：

> 十五首于诸物，有赞羡者，有悲悯者，有痛惜者，有怀思者，有慰藉者，有嗔怪者，有嘲笑者，有赏玩者，有劝诫者，有指点者，有计议者，有用我语诘问者，有代彼语对答者；蠢者灵，细者巨，恒者奇，默者辨，咏物至此，仙佛圣贤、帝王豪杰，具此难着手矣。②

针对《病马》一诗，钟惺更评论道："同一爱马，买死马者，英雄牢络之微权；赎老马、怜老马者，圣贤悲悯之深心。"③都指出杜甫同情力量之深厚均沾万物，足以投入万物生命之中，成为他们的代言

---

① 见(清)仇兆鳌:《杜诗详注》，卷七，页615—616。
② (明)钟惺、谭元春编:《唐诗归》，卷二一，收入《四库全书存目丛书》集部总集类第338册，台北:庄严文化公司，影印清华大学图书馆藏万历四十五年刻本，1997年，页346。
③ (明)钟惺、谭元春编:《唐诗归》，卷二一，收入《四库全书存目丛书》集部总集类第338册，页344。

人,并不单是借物来作为托喻和比附的媒介,发抒人的感叹,而是从物身上体会其生命,主动透入各种生命的存在处境中,犹如钟惺评杜甫《苦竹》诗所言:"每一小物,皆以全副精神、全副性情入之,使读者不得不入。"①而充分体会其生命,也就意味着对万物生态有细密的观察,以知其所适所苦(这种细密的观察也是杜诗意象表现的特质之一,我们留待下一节再详论),其胸襟甚至可说是"爱物而几于齐物"②了。

这种体物的新方向,非但超出以物为我所用的心物交融模式,又更能出以一片油然善意的关切体察,投入"以我显物"的方向,才能造成如此鲜活动人的意象表现。吉川幸次郎解释前引《秋野》一联诗时,曾说:杜甫"意识到自然是'理'的根源,他对自然的眼光常新,认为被动投映于感觉的美,无法掌握自然,应以'浮生之理'的象征,看出其中意义。"③黄生也谓:

> 杜公本领之大、体物之精、命意之远,说物理物情,即从人事世法勘入。学到、笔到、心到、眼到,唯其无所不到,所以无所不尽也。④

都指出杜甫对物情之理的观察和与"浮生之理"的比照,看出人与

---

① (明)钟惺、谭元春编:《唐诗归》,卷二一,收入《四库全书存目丛书》集部总集类第338册,页343。
② 仇兆鳌语,见(清)仇兆鳌:《杜诗详注》,卷十八,页1566。
③ 见〔日〕吉川幸次郎:《杜诗论集》,页204—205。
④ 汪几希之语,引自(清)黄生:《杜工部诗说》,卷五《猿》诗注,页288。

物同在一个大化的理中,共同显发生存的理想和意义,因而构成了杜甫眼光的常新性和命意的深远不尽,这也是对"物我同理"之世界观的认识。

以上的分析至此可以作一总结:"以情入物"是杜诗意象表现的特质之一,由"浮生之理"与"物理"合一的世界观出发,所谓:"细推物理须行乐,何用浮名绊此身"(《曲江二首》之一)、"古时君臣合,可以物理推"(《述古三首》之一)和"我行何到此?物理直难齐"(《水宿遣兴奉呈群公》)的"物理"一词所涵摄者,才真正掌握到杜甫诗中意象的主动性和深入的感发性。这就是"以情入物"的根本动力,也是诗人"将自己放顿在对象里面"之创作法最深刻的涵意。

第二节 细腻致密之观察与表达

《诗品·序》曰:"气之动物,物之感人,故摇荡性情,形诸舞咏。"[①]诗是诗人心志情思与世界交感互会的产物,也是诗人在美感经验和人格境界的范畴中,与他人传达沟通的媒介。"而为了利用素材使人感动,首先要清晰、致密、正确地把握做为素材轮廓的东西,并具有使之形成感动基础的性质。"[②]在经过前文对杜诗意象的分析讨论后,我们可以发现,杜甫对其素材轮廓的掌握和把捉正做到了清晰、致密和正确的地步;不但观察的眼光更为细腻、精微,事

---

① 见(梁)钟嵘著,杨祖聿注:《诗品校注》,台北:文史哲出版社,页1。
② 引自〔日〕吉川幸次郎著,孙昌武译:《杜甫的诗与诗论——在京都大学文学部的最后一课》,收入萧涤非主编:《唐代文学论丛》总第七辑,页57。

物在诗中的呈现也更为清楚、精确,而能带领读者穿透世界的表层,进入更丰富、生动的内容核心。证诸前文,不论是对色彩的视觉经验敏锐的捕捉(第四章第一节),对纷杂而又具备某种统一的事象的掌握(第四章第三节),或对各种存在物那立体而生动之形象的体触抉发(第二、三章),所写出种种人人能感而人人不能道的意象,在在都能于"致密"这一点上得到证明。

宋朝范晞文《对床夜语》卷三所说:"老杜诗:'重露成涓滴,稀星乍有无。'前辈谓此联能穷物理之变,探造化之微"①,更是对杜甫致密细腻之眼光的最佳说明。因为这种"露凝竹而成涓滴,星近月而乍有无"②的景象,虽是物理造化之本然,但露气凝聚而成露水,再因重量而落为涓滴的过程是漫长而细微几不可辨的,若非一细腻的眼光去观察、探求,如何能抉发、造作得出?对稀疏星光闪动之迅疾的把握亦然。若用比较的方法来观察,杜诗意象表现的这个特点当更易于彰显。比较王维之"江流天地外,山色有无中"(《汉江临泛》)、李白之"山随平野尽,江入大荒流"(《渡荆门送别》),以及杜甫之"星垂平野阔,月涌大江流"(《旅夜书怀》)三联诗,在相似的江流与山野景象中,经由不同诗人的着墨描绘,即传达了不同境界个性的不同意象:王维诗表现了空灵超世、无拘无执的意象;李白所显示的是一种空阔、孤寂荒凉的感觉,足以为其一往不返的个性的指征;杜甫则捕捉到景物中精微细密而又丰富

---

① 见台静农辑:《百种诗话类编》,台北:艺文印书馆,页358。(宋)范晞文:《对床夜语》,丁福保辑:《历代诗话续编》,卷三,页423。

② (清)仇兆鳌:《杜诗详注》,卷十四,页1176。

能动的部分,因此具有深沉、繁复的暗示性。黄生说:"句法略同,然彼(案:指李白)止说得江山,此则野阔、星垂、江流、月涌,自是四事也。"①即是指其丰富致密的表现。

除此之外,从杜甫某些明显脱化自前人,而艺术表现却不可同日而语的诗句而言,我们若将之与六朝"原作"做一比较,便可看出其间由粗略、浅率到精细、致密的长足飞跃的痕迹,最著名者有:

1　暝还云际宿,弄此石上月。([宋]谢灵运《石门岩上宿》)
　　薄云岩际出,初月波中上。([梁]何逊《入西塞示南府同僚诗》)②
　　薄云岩际宿,孤月浪中翻。(杜甫《宿江边阁》)

2　山樱发欲然。([梁]沈约《早发定山诗》)
　　林间花欲燃。([梁]元帝萧绎《宫殿名诗》)③
　　山花焰火然。([北周]庾信《奉和赵王隐士诗》)④
　　千花敷欲然。([初唐]张九龄《冬中至玉泉山寺属穷阴冰闭崖谷无色及仲春行县复至焉故有此作》)
　　山上桃花红欲然。(王维《辋川别业》)
　　山花开欲然。(李白《寄韦南陵冰余江上乘兴访之遇寻颜

---

① 见(清)黄生:《杜工部诗说》,卷五,页262。
② 逯钦立辑校:《先秦汉魏晋南北朝诗》,台北:木铎出版社,分见页1167、页1684。
③ 见逯钦立辑校:《先秦汉魏晋南北朝诗》,页1636、页2041。
④ 庾信此句本仇本及杨伦本皆引作"山花焰欲燃",误,分见《杜诗详注》卷十三,页1135,及《杜诗镜铨》卷十一,页522。当作"山花焰火然"为是,参(北周)庾信著,(清)倪璠注:《庾子山集注》,台北:新兴书局,1959年10月,页266。

　　　　尚书笑有此赠》)
　　　　山青花欲燃。(杜甫《绝句二首》之二)
　3　白鸟映青畴。([梁]沈约《休沐寄怀》)
　　　　鹭飞林外白。(隋炀帝《夏日临江诗》)①
　　　　江碧鸟逾白。(杜甫《绝句二首》之二)
　　　　白鸟去边明。(杜甫《雨四首》之一)
　4　黑米生菰蒋。([梁]庾肩吾《奉和太子纳凉梧下应令诗》)②
　　　　秋菰成黑米。(杜甫《行官张望补稻畦水归》)
　　　　波漂菰米沉云黑。(杜甫《秋兴八首》之七)

这些诗例不但显示出杜甫规橅前人的事实,更重要的是在比较之中,表现出他捕捉事物样态的眼光远为细腻、敏锐,表达内容也较为丰富精密的诗歌致密性质。在相同篇幅容量的情形下,第一组诗例中,杜甫笔下的薄云与月本身都各自比前作增添了栖迟留宿和孤独翻涌的人格属性,因此意味耸动,更耐人寻味,已如第二章所论述;第二组诗中,杜甫则强调了前两位六朝诗人及张九龄、王维、李白等人都未曾注意到的色彩对比,以及在此对比之下突显而出的山花似欲燃放,色彩更加鲜明的生动效果。在第三组诗中,沈约与隋炀帝只对自然景象做一直接描述,沈约所谓白鸟映于青畴上,诗意极为习常平顺,而隋炀帝的"鹭飞林外白"甚至只说飞出林外之鹭鸶显现其白色,连与之衬比的林色都未涉及;杜甫则先将

---

① 两诗分见逯钦立辑校:《先秦汉魏晋南北朝诗》,页1641、页2672。
② 见逯钦立辑校:《先秦汉魏晋南北朝诗》,页1992,诗句一作"黑米生菰叶"。

江、鸟之实物与色彩属性区分为二,所谓江碧、鸟白,再强调两色对比之下,白者更白的突出视觉印象,因此不仅仅只是做一客观描述而已,甚且寓有对感官经验的主动掌握和对现象之造成原因的反省,因此效果更加显著。第四组诗中杜甫两作皆胜前者,因为在同是五言、诗意也全部相同的情况下,杜作便比庾肩吾诗多一层秋的感受,而七言句尤其有更丰富、曲折的意象表达。

除了上述四组诗例之外,杨万里《诚斋诗话》还另外指出杜甫其他诗作的沿革现象,曰:"句有偶似古人者,亦有述之者。……阴铿云:'莺随入户树,花逐下山风。'杜云:'月明垂叶露,云逐渡溪风。'又云:'水流行地日,江入度山云。'此一联胜。庾信云:'永韬三尺剑,长卷一戎衣。'杜云:'风尘三尺剑,社稷一戎衣。'亦胜庾矣。"[1]不过,此中虽指出承袭变化之迹与其间高下之评比,却未明何以优劣之故;比较之下,陈师道《后山诗话》所指出的就值得我们注意了:

> 余登多景楼,南望丹徒。有大白鸟飞近青林而得句云:"白鸟过林分外明。"谢朓亦云:"黄鸟度青枝。"语巧而弱;老杜云:"白鸟去边明。"语少而意广。[2]

所谓"语少而意广"正是杜诗致密性的最佳批注。以此为标准,前面第二组诗所附引的王维诗"山上桃花红欲燃"就因语较多而意未

---

[1] 引自(清)丁福保辑:《历代诗话续编》,页136。
[2] 引自华文宣编:《杜甫卷·唐宋之部》,台北:源流出版社,页148。

更广，便不能称为致密的表现了。因此陈师道又说：

> 世称杜牧"南山与秋色，气势两相高"为警绝；而子美才用一句，语益工，曰："千崖秋气高"也。①

同样地，《休斋诗话》亦云：

> 予初喜杜紫微"南山与秋色，气势两相高"语，已乃知出于老杜"千崖秋气高"，盖一语领略尽秋色也。②

都着重在杜甫以更少的文字，却表现得内容更为丰富详尽，意味更加隽永深美。

不仅是所谓"景同而语异，情亦因之而殊"③，而是如宋张右丞所言："凡人作诗，一句只说得一件物事，多说得两件；杜诗一句能说得三件、四件、五件物事。常人做诗，但说得眼前，远不过数十里内；杜诗一句能说数百里，能说两军州，能说满天下。此其所为妙。"④这都是细腻的观察眼光加上致密的语言表达所造成的。如此，吉川幸次郎对杜甫诗歌的致密性所做的说明就很值得我们参考：

---

① 引自华文宣编：《杜甫卷·唐宋之部》，页148。
② 见郭绍虞：《宋诗话辑佚》，页484—485。
③ （清）吴乔：《围炉诗话》，卷1，郭绍虞辑：《清诗话续编》，页479。
④ （宋）吴沆撰，陈新点校：《环溪诗话》，北京：中华书局，1988年7月，卷上，页124。

杜甫的诗,终究是感情激烈的诗。他希求一切存在的协调共存,在政治思想上,他常常希求变革现实,因而他的诗常常是激烈的。但是这种激烈的言辞并没有它往往带有的笨拙、粗率,而常常是致密的。这就形成了他那种把作为人间事实的自然界的事实穷究到极细致之处的熟视,形成他在心中咀嚼所看到的事物的熟虑,当用语言来表现这一切的时候,就形成了非常致密的语言。而在表达上的致密,并不与理智的计算相对立,因此,他又是作对句的名家。①

这种"感情激烈"却又能将事物穷究到极致的熟视熟虑所形成的"致密"体悟,一则与前一节所提到的"以情入物"的意象特质一贯,因为唯其情感热烈,才能彻底投入对象之中,充分"随物以宛转""亦与心而徘徊"②,心、物之间无丝毫间二,而能即物即情、即物即心;一则在表达为文字时,又能冷静理性地善用媒介,使之不但免于粗率、直露,而且得到最大的发挥,这也是上引吉川氏文中所指示的第二个重点:杜甫诗歌的"致密性"同时表现在语言的表达,即对句形式的高度运用上,这的确是研究杜甫诗艺十分值得注意的一点。

事实上,杜甫在对偶形式运用中造成意象的致密表现,早在宋

---

① 〔日〕吉川幸次郎著,孙昌武译:《杜甫的诗论与诗——在京都大学文学部的最后一课》,页57—58。

② 《文心雕龙·物色》篇,(梁)刘勰著,周振甫注:《文心雕龙注释》,页845。

朝罗大经便已注意到了,他在《鹤林玉露》中便对《登高》一诗之腹联"万里悲秋常作客,百年多病独登台"两句做过精细的分析,指出此短短一联之中,竟能丰富地包蕴至八层涵意:

> 万里,地之远也;秋,时之凄惨也;作客,羁旅也;常作客,久旅也。百年,齿暮也;多病,衰疾也;台,高迥处也;独登台,无亲朋也。十四字之间含八意,而对偶又精确。①

每一层涵意都更强化、深化前面一层涵意,八层涵意彼此环环相扣、辗转累进,终于将蓄积于杜甫胸中无比的艰难苦恨,逐步推向潦倒悲愁的最高颠峰,形成震动人心的沉重力量。所谓"他乡作客,一可悲;经常作客,二可悲;万里作客,三可悲;又当萧瑟之秋日,四可悲;当此重九佳日,别无可乐之事,唯有登台望乡,五可悲;亲朋凋谢,独自登台,六可悲;扶病登台,七可悲;所抱之病又属经常性及多样性的,八可悲;光阴可贵,人生不过百年,如今年过半百(作此诗时作者五十六岁),却落得这般光景,九可悲"②,其第九层可悲之感即来自全联诗句融铸的整体意象;有了八层涵意一重强过一重的撞击,才造就了诗人"干戈衰谢两相催"(《九日五首》之一)那具体而沉悲浓烈的形象感受。这种以最精简的文字开发最大内容量的可能性,可以说,非赖对诗歌对偶形式的高度运用不足以达成;唯有依靠对偶语组之间的勾连层叠和相互支持,而"安排

---

① (宋)罗大经:《鹤林玉露》,卷十一,台北:台湾开明书店,页16。
② 见陈文华:《不废江河万古流——杜甫诗赏析》,台北:伟文图书公司,页80。

在严谨的对句中时，它们获得了各自单独存在时不可能有的新鲜的力量"①。如此，刘若愚所说杜甫以联想将意象密切地结合在一起的特质（参第一章第一节）也就得到了证明，这也是致密的一种表现。

黄国彬曾比较李、杜诗意象表现的不同，他说："李白的意象较直接，杜甫的意象较曲折；李白的意象简单而透明；杜甫的意象繁复而诡谲。"②所谓的曲折、繁复、诡谲，其实都是涵括于细腻致密这一特质中的种种诗歌表现或读者印象。杜甫不但掌握了事物在时空之中所呈现的最细致的变化状态，而表现了其熟视眼光的致密性；也因为对偶句中涵摄的物象丰富饱合，使得诗作整体也得到了内容涵蕴上的致密表现力。简言之，眼光细腻观察入微、语少意广而对偶精确，共同构成了细腻致密的表现，两者又常混不可分，一体两面地造成杜诗意象突出而生动感人的效果。用杜甫自己的话来说，就是"情穷造化理"（《八哀诗·赠秘书监江夏李公邕》）、"毫发无遗憾"（《敬赠郑谏议十韵》）、"纤毫欲自矜"（《寄刘峡州伯华使君四十韵》）和"咫尺应须论万里"（《戏题王宰画山水图歌》）的努力和实践，因为欲穷造化理，所以眼光细腻深微，而没有纤毫之失；而要有咫尺万里的效果，便须对偶精密，语少意广，可见杜甫对自己的诗歌创作是有着充分自觉的。这是分析杜诗意象特质的第二个重点。

---

① 见〔美〕刘若愚著，杜国清译：《中国诗学》，页183。
② 见黄国彬：《中国三大诗人新论》，台北：源流出版社，1984年，页160。

第三节 沉郁悲凉

杜甫在天宝十三年的《进雕赋表》中提到个人诗风或境界时，便以沉郁自许，表曰："臣之述作，虽不能鼓吹六经，先鸣诸子，至沉郁顿挫，随时敏给，扬雄、枚皋可企及也。"[1]这里的"沉郁"指的是寄托圣思、文意深湛[2]，可以说是他笃守儒业之誓愿与忧思的一端。此一自许与杜甫一生遭遇联结后，在诗作表现上所透显的沉郁之感，更是后代诗家执以论杜的一个特质，如严羽《沧浪诗话》说："子美不能为太白之飘逸，太白不能为子美之沉郁"[3]，便是最著名之一例。吴瞻泰即曾解释沉郁之义为："少陵自道曰沉郁顿挫，其沉郁者意也，顿挫者法也，意至而法亦无不密，以意逆志，是为得之。"[4]这是从情思意念这一方面来解释"沉郁"的，朱偰云："少陵自许沉郁顿挫，碧海鲸鱼，是其诗之特长，论其个性，亦犹是也。……少陵盖近于忧郁性者，故忧思甚深"[5]，则指出"沉郁"是个性忧郁及忧思深广的表现。这一片深沉广大的忧思悲感与诗歌对象相凑泊时，便染化为一个又一个沉郁的意象，因此在探讨杜甫

---

[1] 见（清）仇兆鳌：《杜诗详注》，卷二四，页 2172。年代考订亦依仇注。
[2] 此定义依照萧丽华：《论杜诗沉郁顿挫之风格》所言，台湾师范大学中文所硕士论文，页 38。
[3] 见（宋）严羽著，郭绍虞注：《沧浪诗话校释》，台北：里仁书局，页 168。
[4] 见（清）吴瞻泰：《杜诗提要》，《评杜诗略例》，页 19。
[5] 见朱偰：《杜少陵先生评传》，台北：东升出版社，页 111。

诗中的意象问题时,袁行霈也以沉郁来总括其意象表现的特质①。经由一番审视后,我们以为,对社会民生的忧怀、个人生涯的流离穷蹇,以及身为诗人的寂寞感是造成沉郁特质的三个来源,以下本节便依此分述之。

对社会民生之忧怀已在本章第一节约略述及,在杜甫"难教一物违"的世界观下,安史之乱及其后紧接而来的吐蕃入寇,百姓失所、国家危殆,都是秉具仁爱情性与"致君尧舜"之理想的杜甫所耿耿忧念的。反映于诗歌中,便大有"不眠忧战伐,无力正乾坤"(《宿江边阁》)之感,干戈兵甲、戎马战伐、时危、丧乱等词语也时时跃入诗中②,直接加强诗歌沉重难开之郁情。严羽于"太白不能为子美之沉郁"后接着道:"子美《北征》《兵车行》《垂老别》等,太白不能作。"便是以对社会现实之忧怀来解释杜甫的沉郁的。杨伦指杜甫乐府诗作超越六朝,所谓:"自六朝以来,乐府题率多摹拟剽窃,陈陈相因,最为可厌。子美出而独就当时所感触,上悯国难,下痛民穷,随意立题,尽脱去前人窠臼,《苕华》《草黄》之哀,不是过也。"③也是出以同一个角度而言的。其实非独乐府,在其他大多数作品中一样能找到这种悯国难、痛民穷的哀感,这正是构成杜诗沉郁特质的一个因素。而将万民之怆痛收笼于一己襟抱,不但扩大

---

① 其《中国古典诗歌的意象》一文曰:"杜甫的风格,与他诗中一系列带有沉郁色调的意象联系在一起。"收入袁行霈:《中国诗歌艺术研究》,北京:北京大学出版社,1987年,页66。
② 以统计数字来算,"干戈、兵革、兵戈、兵甲"等语词合计约七十五次,"戎马"一词出现约二十五次,"战伐"一词约十四次,"时危"一词约二十二次,"丧乱"一词约十八次。此统计以《杜诗镜诠》为底本依据,用作参考,下文其他统计亦同。
③ 见(清)杨伦:《杜诗镜铨》,卷五,页225。

悲思之厚积,也强化了沉郁的力量,达到前人所未臻的诗歌层次,如胡震亨所指出:"以时事入诗,自杜少陵始。"[1]也说明杜甫以时事之艰危企成沉郁内容的历史地位。

在此家国倾覆、覆巢之下无完卵的依存关系中,一介微官的杜甫,其生涯也随之漂荡无依,竟至于伴风尘以终,而风尘、乱离、萧条、羁旅、淹留、艰难、穷愁、衰谢、辗轲等固定词语也大量流露诗中,构成诗人形象的一个背景[2]。就杜甫生事之困蹇馁乏而言,王安石在《杜甫画像》一诗已有概括性的说明:

> 惜哉命之穷,颠倒不见收。青衫老更斥,饿走半九州。瘦妻僵前子仆后,攘攘盗贼森戈矛。[3]

这是从整部杜甫诗集中总结出来的诗人形象,颇能生动描绘出杜甫一生困顿的遭遇;投射于诗中意象,便多有沉郁色调之濡染了,此参前面各章可知。

在以上所言的兵戈战乱背景上,杜甫"致君尧舜上,再使风俗淳"之理想一再落空,自己本身又颠仆道路,为谋衣食而飘转风尘之中,不但不能兼济天下,尚且不得独善其身;途穷路难,未来渺不可知,此时唯一可自主地执守实践的便仅有诗歌创作之志业了,

---

[1] 见(明)胡震亨:《唐音癸签》,卷二六,台北:木铎出版社,1985年,页275。
[2] 战乱与行旅兼可使用的"风尘"一词出现约四十六次,"萧条"一词约二十二次(其他尚有"萧瑟"十三次),"艰难"一词约二十二次(其他尚有艰虞、艰危、艰险等未计),"衰谢"一词约十二次,"淹留"一词约十三次。
[3] 见华文宣编:《杜甫卷:唐宋之部》,台北:源流出版社,页80。

《立春》诗所说：

> 巫峡寒江那对眼，杜陵远客不胜悲。此身未知归定处，呼儿觅纸一题诗。（代宗大历二年，五十六岁）

指的正是此意，且与早年所作《乐游园歌》中的"此身饮罢无归处，独立苍茫自咏诗"①遥遥呼应，可作为杜甫自觉地以诗为己业的证明。但即使在这一最后据点上，诗人仍感到无限的孤寂悲意，所谓"应共冤魂语，投诗赠汨罗"（《天末怀李白》），即以尚友古人来透出人世知音难寻之感。就杜甫身为诗人的寂寞直接倾吐于诗作中者便有多处，诸如："君意人莫知，人间夜寥阒"（《夜听许十一诵诗爱而有作》）、"高枕虚眠昼，哀歌欲和谁"（《夔府书怀四十韵》）、"百年歌自苦，未见有知音"（《南征》）、"定知深意苦，莫使众人传"（《寄岳州贾司马六丈巴州严八使君两阁老五十韵》）、"感彼危苦词，庶几知者听"（《同元使君舂陵行》）、"同调嗟谁惜，论文笑自知"（《赠毕四曜》）、"且有元戎命，悲歌识者知"（《赠崔十三评事公辅》）以及"已知仙客意相亲，更觉良工心独苦"（《题李尊师松树障子歌》）等，创作者不论是自己还是别人，对象不论是诗歌还是绘画，只要涉及创作范畴，杜甫都从中感到知音难觅的寂寞和作品中所寄寓之用心的深切；而由于用心深切却又知音难寻，使得具有清

---

① 此诗作于玄宗天宝十年，杜甫四十岁，时居长安。参孟优主编：《杜甫年谱》。

楚的"诗人之自觉"的杜甫更感到个人生命道路的寂寞和艰辛[①]，流露于作为其一生志业中唯一之肯定的诗歌创作中，便自然表现出沉郁的感受，此观前引例句里多"悲""苦"字亦可窥知。《空囊》诗说："世人共卤莽，吾道属艰难。"所谓"艰难"的"吾道"正是兼具现实的济世、生事之途，与个人精神面的创作之路两方面而言。因此"此身饮罢无归处，独立苍茫自咏诗"一联中所透露的，在天地无限苍茫中唯有"诗"是生命的终极归宿，而执此归宿时却又无比孤独之感，不但预示了杜甫一生的命运，也正是对他整个生命的形象化写照。

　　杜甫忧思深广、义蕴沉厚，陈廷焯《白雨斋词话》所说："沉者不浮，郁者不薄。""所谓沉郁者，意在笔先，神余言外。"[②]刘熙载《艺概》亦云："杜诗高、大、深俱不可及，吐弃到人所不能吐弃为高，涵茹到人所不能涵茹为大，曲折到人所不能曲折为深。"[③]三者都一方面肯定杜甫涵茹深广，义蕴沉厚，一方面又指出表达上含蓄而曲折的笔法，使那充盈而又激烈的忧思与情感得到节制，不流于浮薄浅率，这也才称得上"沉郁"。若更进一步推求，"沉郁"的内涵中，在这些"庄严的悲感、深广的忧思、含蓄的义蕴"[④]之深层，实更应以杜甫对创作一途自觉之寂寞感为基础，才能造成诗歌中意味深远的沉郁表现，因为只有寂寞地面对诗歌创作，诗才不会沦为发泄积郁

[①] 关于此点，除前文所涉及外，亦可详参〔日〕小川环树著，谭汝谦编：《论中国诗》，香港：中文大学出版社，第七章。另"寂寞""寂寥"二词在杜甫诗集中也各出现有约二十七次、十五次之谱，可做背景参考。
[②] 分见(清)陈廷焯：《白雨斋词话》，台北：台湾开明书店，页2、页3。
[③] 见(清)刘熙载：《艺概》，台北：广文书局，卷二，页6。
[④] 此乃萧丽华对"沉郁"一词的定义，见《论杜诗沉郁顿挫之风格》，第二章。

的媒介;而在诗人不得不创作又意识到知音难寻时,才能充分转向自己的内心,冷静客观地面对自己深广炽热的情思,和这个情思所投入的对象,因而培养出致密的眼光,使自己深广热烈的情思得到充分却含蓄的表达。铃木大拙所说:"遭受的痛苦愈多,你的性格就会愈深沉,而由于性格的深沉,你就更能透入生命的奥秘。"①也可说明社会民生以及一己生活上的种种磨折和个人精神上知己无人的寂寞这种种痛苦,都能促进诗人沉郁的个性和风格,而培养出穷究生命奥秘的眼光。如此,沉郁的特质又与细腻致密的表现有相关之处了。

人类的存在莫不追求价值和意义,而价值和意义的彰显却必然在有了大我和小我的区分意识,以及随此区分而做出超越世俗的理想性抉择后才能产生。对杜甫而言,他一生所服膺的儒家志业和创作理想,都不是在坦荡光明之途中理所当然造就出来的人生道路,而是从无穷的困厄磨难,和固执着大我之志业理想所带来的寂寞中产生的自觉之坚持;唯其如此,其心弥坚,其志弥厉,其性愈厚,而其情也愈苦,表现于创作中便沾濡一片沉郁之感,成为诗歌意象的一个基调。

诗具备的感发生命,是诗歌力量的来源②,也唯有从诗之感发性质的深浅厚薄,才能确实掌握到诗人的伟大程度。奠基于杜甫诗作背后时时泪流而出的沉郁的力量,正是造成其诗中意象如此表现的因素之一,因而也是我们所认取的一大特质。

---

① 见〔日〕铃木大拙:《禅与生活》,台北:志文出版社,页26。
② 此说本诸叶嘉莹先生之说,参《中国古典诗歌中形象与情意之关系例说》,收入《迦陵谈诗二集》。

结　论

宋代秦少游《进论》曾曰：

> 杜子美之于诗，实积众家之长，适当其时而已。昔苏武、李陵之诗，长于高妙；曹植、刘公干之诗，长于豪逸；陶潜、阮籍之诗，长于冲澹；谢灵运、鲍照之诗，长于峻洁；徐陵、庾信之诗，长于藻丽。于是杜子美者，穷高妙之格，极豪逸之气，包冲澹之趣，兼峻洁之姿，备藻丽之态，而诸家之作所不及焉。然不集诸子之长，子美亦不能独至于斯也。岂非适当其时故耶！……孔子之谓集大成。呜呼，子美亦集诗之大成者欤！①

从文学发展上来肯定杜甫集大成的成就，颇能把握其内在意义：若无前人之皋壤，则杜甫不能成其高；然杜甫本身之努力却也不能忽略，何况当其适会而出，融铸众长自成一家时，其成就又远非前人所能比拟。这个现象对意象的塑造来说，也是同样的道理。

黄生曾指出：

> 山谷学杜，得其皮毛，不得其神髓；得其骨干，不得其筋

---

① 引自（宋）魏庆之：《诗人玉屑》，页300—301。

节。其筋节在装造句法,其神髓在经营意匠。①

从二、三两章对意象主题的分析,我们可以看出杜甫在意象塑造上的"经营意匠"之处,不但把前人涉及的意象都作了更深刻鲜明的呈现,并扩及前人未曾措意的方向,而大大丰富了同一主题意象的表达,如竹、花、月等意象均是如此。此外,就整体意象范围来看,杜甫也容纳了更多前人不曾留意的对象,如《除架》《废畦》《白小》《观打鱼歌》《缚鸡行》等都是很好的例子。在第四章中,我们则找出杜甫在诗歌"装造句法"上的创体,来讨论他在意象表现上超越前人的努力,使意象感受有更精微的传达,这些都足以看出杜甫在意象范畴上,也同样称得上集大成的地位,并不限于风格、诗法方面而已。这是我们在杜诗意象研究中得到的要点之一。

其次,在对个别意象主题做纵向分析时,我们可以注意到不同时代诗人对塑造意象之态度都是不同的,例如《诗经》中的意象如竹、花、月、鸳鸟等,皆较为清新而明朗,洋溢着素朴晓畅的气息;《古诗十九首》中意象则反映了悲愁的生命感受,较具哀苦的意味。两个时代的诗歌意象都较属于简单自然而又切近原始生命的天然展现,表达方式也较为直接,可以说是不曾经过刻意"塑造"的构作工夫;六朝时,特别是南朝、隋朝,诗歌越来越有经营的痕迹,在意象运用和修辞技巧上也开拓更多的空间,而有警奇出新的意象表现。刘勰曾曰:"自近代以来,文贵形似,窥情风景之上,钻貌草木

---

① (清)黄生:《杜工部诗说》,页12。

之中。"①对物象形似的追求的确是意象更加精工的要因之一。

对于杜甫,意象之经营又进一步,不但在形象描摹方面更工于体物,甚至"把历来文学中被当成赋的任务的'体物浏亮'、描写的明晰致密吸收到自己的诗中。这是重要的改革"②,又能充分反映其情志意向,达到梅圣俞所评价:"状难写之景如在目前,含不尽之意见于言外"的境界;而一个意象,如鸥鸟、大鲸、鹭鸟等,能够持续、多方地塑造,一方面超出前朝个别诗人偏于零星使用的倾向,使偶然的外物能够变成持续而强烈的意象主题,一方面也扩大观物的角度和深度,使意象所表达的生命经验更形丰富深刻,这都显示杜甫对意象经营有着更加积极的态度。杜甫曾在《江上值水如海势聊短述》说道:

为人性僻耽佳句,语不惊人死不休。

其《解闷十二首》之七亦云:

陶冶性灵存底物,新诗改罢自长吟。

以诗为陶冶性灵之物,又耽于佳句的创造;要求语出惊人,也就不

---

① (梁)刘勰著,周振甫注:《文心雕龙注释》,页846。
② 参〔日〕吉川幸次郎著,孙昌武译:《杜甫的诗论与诗——在京都大学文学部的最后一课》,收入萧涤非主编:《唐代文学论丛总》第七辑,页65。关于此点,其文有更详尽的论证说明,可参看。

惮修改，直到声谐意足，令自己满意又足以惊人的地步，这些话都显示杜甫是自觉而积极地在从事诗歌创作的。因此赵翼在《瓯北诗话》卷二中谓：

> （杜甫）其真本领仍在少陵诗中"语不惊人死不休"一句。盖其思力沉厚，他人不过说到七八分者，少陵必说到十分，甚至有十二三分者。其笔力之豪劲，又足以副其才思之所至，故深人无浅语。……思力所到，即其才分所到，有不如是则不快者。此非性灵中本有是分际，而尽其量乎？①

此种不同的创作态度也是决定诗歌意象表现的因素。就个别作品而言，并不必然有优劣的比较，但从整体来看，其间的差异仍能显示出文学的发展是大略趋向于自觉地创造的，据之也可以补充所谓"集大成"的意义。这是本书以"纵向"的主题学研究法探讨杜甫诗歌意象后，所获得的结论，可以从另一个角度来确立传统上赋予杜甫之地位，作为"集大成"之说的一个新的证明。

---

① 郭绍虞辑：《清诗话续编》，页1151。

征引书目

一、古典经传诗集

(宋)朱熹:《诗集传》,台北:艺文印书馆,1974年4月。

屈万里:《诗经释义》,台北:中国文化大学出版部,1980年9月。

(魏)王弼、(晋)韩康伯注:《周易王韩注》,台北:台湾中华书局,1974年。

(战国)左丘明:《左传》,《十三经注疏》本册六,台北:艺文印书馆,1982年9月。

(战国)庄子著,(清)郭庆藩辑:《庄子集释》,台北:汉京文化事业公司,1983年9月。

(东晋)张湛注:《列子》,台北:艺文印书馆,1975年9月。

(东汉)班固:《汉书》,台北:鼎文书局,1991年9月。

(梁)昭明太子萧统撰,(唐)李善等注:《文选》,台北:华正书局,1986年7月。

(梁)昭明太子萧统撰,(唐)李善等注:《增补六臣注文选》,台北:华正书局,1980年9月。

(明)张溥编:《汉魏六朝百三家集》,台北:新兴书局,1963年2月。

逯钦立辑校:《先秦汉魏晋南北朝诗》,台北:木铎出版社,1983

年9月。

（清）康熙御定:《全唐诗》,《景印文渊阁四库全书》,台北:台湾商务印书馆,1986年3月。

高步瀛选:《唐宋诗举要》,台北:艺文印书馆,1970年9月。

（晋）陶渊明著,逯钦立校注:《陶渊明集》,台北:里仁书局,1985年4月。

（北周）庾信著,（清）倪璠注:《庾子山集注》,台北:新兴书局,1959年10月。

（唐）房玄龄等:《晋书》,台北:鼎文书局,1992年11月。

（唐）杜甫著,（宋）赵次公等注:《景印宋本新刊校定集注杜诗》,台北:故宫博物院,1985年10月。

（唐）杜甫著,（清）钱谦益注:《钱牧斋先生笺注杜诗》,台北:台湾大通书局,1974年10月。

（唐）杜甫著,（清）朱鹤龄注:《杜工部诗集》,京都:中文出版社,1977年2月。

（唐）杜甫著,（清）仇兆鳌注:《杜诗详注》,台北:汉京文化事业公司,1984年3月。

（唐）杜甫著,（清）杨伦注:《杜诗镜铨》,台北:汉京文化事业公司,1983年9月。

（唐）白居易:《白居易集》,台北:汉京文化公司,1984年3月。

（唐）李商隐著,（清）冯浩笺注:《玉溪生诗集笺注》,台北:里仁书局,1981年8月。

（五代）刘昫等撰:《旧唐书》,台北:鼎文书局,1977年6月。

（宋）苏轼著,（清）王文诰集注,孔凡礼点校:《苏轼诗集》,北京:中华书局,1987年10月。

（清）龚自珍:《定盦文集》,台北:台湾商务印书馆,四部丛刊本。

华文轩等编:《杜甫卷:唐宋之部》,台北:源流出版社,1982年5月。

（明）王嗣奭:《杜臆》,台北:台湾中华书局,1986年11月。

（明）王嗣奭撰,曹树铭增校:《杜臆增校》,台北:艺文印书馆,1971年10月。

（清）黄生:《杜工部诗说》,京都:中文出版社,1976年6月。

（清）黄生著,徐定祥点校:《杜诗说》,合肥:黄山书社,1994年5月。

（清）施鸿保:《读杜诗说》,台北:台湾中华书局,1986年11月。

（清）浦起龙:《读杜心解》,台北:鼎文书局,1979年3月。

（清）吴瞻泰:《杜诗提要》,台北:台湾大通书局,1974年10月。

（清）吴见思:《杜诗论文》,台北:台湾大通书局,1974年10月。

（清）范辇云:《岁寒堂读杜》,台北:台湾大通书局,1974年10月。

（清）金圣叹:《金批杜诗》,台北:盘庚出版社,1978年9月。

二、历代文论诗话

（梁）刘勰著，周振甫注：《文心雕龙注释》，台北：里仁书局，1984年5月。

《中国历代文论选》，台北：木铎出版社，1981年4月。

（梁）钟嵘著，汪中注：《诗品注》，台北：正中书局，1982年9月。

（梁）钟嵘著，杨祖聿注：《诗品校注》，台北：文史哲出版社，1981年1月。

（唐）释空海：《文镜秘府论》，台北：学海出版社，1974年1月。

（唐）司空图著，（清）钟宝学课钞：《司空图诗品诗课钞》，台北：广文书局，1982年8月。

（宋）吴沆撰，陈新点校：《环溪诗话》，北京：中华书局，1988年7月。

（宋）严羽著，郭绍虞释：《沧浪诗话校释》，台北：里仁书局，1987年4月。

（宋）罗大经：《鹤林玉露》，台北：台湾开明书店，1975年4月。

（宋）胡仔：《苕溪渔隐丛话（前后集）》，台北：长安出版社，1978年12月。

（宋）魏庆之：《诗人玉屑》，台北：世界书局，1980年10月。

（宋）洪迈：《容斋诗话》，台北：广文书局，1971年9月。

郭绍虞：《宋诗话辑佚》，北京：中华书局，1987年5月。

（元）方回选评，李庆甲集评点校：《瀛奎律髓汇评》，上海：上海古籍出版社，1986年4月。

（明）胡震亨：《唐音癸签》，台北：木铎出版社，1982 年 7 月。

（明）钟惺、谭元春编：《唐诗归》，收入《四库全书存目丛书》集部总集类第 338 册，台北：庄严文化公司，影印清华大学图书馆藏万历四十五年刻本，1997 年。

（清）王士祯：《带经堂诗话》，台北：广文书局，1971 月。

（清）陈廷焯：《白雨斋词话》，台北：台湾开明书店，1982 年 3 月。

（清）刘熙载：《艺概》，台北：广文书局，1974 年 10 月。

（清）方东树：《昭昧詹言》，台北：广文书局，未注出版年月。

（清）方东树：《方东树评今体诗钞》，台北：联经出版公司，1975 年 5 月。

（清）方东树：《评古诗选》，台北：联经出版公司，1975 年 5 月。

（清）沈德潜著，苏文擢诠评：《说诗晬语诠评》，台北：文史哲出版社，1985 年。

（清）沈德潜辑：《古诗源》，台北：台湾中华书局，1981 年。

（清）赵翼：《瓯北诗话》，台北：广文书局，1971 年 9 月。

（清）章学诚：《文史通义》，台北：台湾中华书局，1981 年。

（清）吴景旭：《历代诗话》，《景印文渊阁四库全书》，台北：台湾商务印书馆。

（清）何文焕辑：《历代诗话》，台北：汉京文化有限公司，1982 年 1 月。

丁福保辑：《历代诗话续编》，北京：中华书局，1983 年 8 月。

丁福保辑：《清诗话》，台北：明伦出版社，1971 年 12 月。

郭绍虞辑:《清诗话续编》,台北:木铎出版社,1983年12月。

台静农辑:《百种诗话类编》,台北:艺文印书馆,1974年5月。

《全唐诗索引·李白卷》,北京:现代出版社,1995年。

三、杜甫研究专著

刘孟伉主编:《杜甫年谱》,台北:学海书局,1978年9月。

《杜甫研究论文集》第一辑,北京:中华书局,1962年12月。

《杜甫研究论文集》第二辑,北京:中华书局,1963年2月。

《杜甫研究论文集》第三辑,北京:中华书局,1963年9月。

《杜甫研究专集》,上海:上海中国语文学社,1969年9月。

傅庚生:《杜诗散绎》,香港:建文书局,1971年9月。

孙克宽:《杜诗欣赏》,台北:台湾学生书局,1974年9月。

叶嘉莹集注:《杜甫秋兴八首集说》,台北:编译馆,1978年4月。

朱偰:《杜少陵先生评传》,台北:东升出版社,1980年4月。

郭绍虞:《杜甫戏为六绝句集解》,台北:木铎出版社,1982年6月。

陈文华:《不废江河万古流——杜甫诗赏析》,台北:伟文图书公司,1978年9月。

由毓淼:《杜甫和他的诗》,台北:台湾学生书局,1982年2月。

黄国彬:《中国三大诗人新论》,台北:源流出版社,1983年4月。

金启华:《杜甫诗论丛》,上海:上海古籍出版社,1985年1月。

方瑜:《杜甫夔州诗析论》,台北:幼狮文化事业公司,1985年

5月。

吕正惠:《杜甫与六朝诗人》,台北:大安出版社,1989年5月。

四、现代文学批评

Ezra Pround, "A Few Don'ts," in *Prose Key to Modern Poetry*, ed. Karl Shapiro (New Yew York: Harper & Row, Inc. 1962).

钱锺书:《谈艺录》,香港:龙门书店,1965年8月。

钱锺书:《谈艺录》,北京:中华书局,1987年。

朱光潜:《文艺心理学》,台北:台湾开明书店,1980年11月。

朱光潜:《西方美学史》,台北:汉京文化事业公司,1983年3月。

王力:《中国诗律研究》,台北:文津出版社,1970年9月。

徐复观:《中国文学论集》,台北:台湾学生书局,1974年10月。

徐复观:《中国艺术精神》,台北:台湾学生书局,1983年1月。

徐复观:《中国文学论集续篇》,台北:台湾学生书局,1984年9月。

黄维梁:《中国诗学纵横论》,台北:洪范书局,1977年12月。

柯庆明编:《中国古典文学论文研究丛刊·诗歌之部》,台北:巨流图书公司,1979年10月。

张相:《诗词曲语辞汇释》,台北:台湾中华书局,1985年4月。

张梦机:《古典诗的形式结构》,台北:尚友出版社,1981年12月。

张梦机:《鸥波诗话》,台北:汉光文化事业公司,1984年5月。

张少康:《中国古代文学创作论》,北京:北京大学出版社,1983年12月。

周振甫:《诗词例话》,台北:学海出版社,1984年1月。

刘大杰:《中国文学发达史》,台北:台湾中华书局,1984年11月。

叶嘉莹:《中国古典诗歌评论集》,未注明出版资料。

叶嘉莹:《迦陵谈诗》,台北:三民书局,1984年1月。

叶嘉莹:《迦陵谈诗二集》,台北:东大图书公司,1985年2月。

黄永武:《字句锻炼法》,台北:台湾商务印书馆,1984年9月。

黄永武:《诗与美》,台北:洪范书局,1984年12月。

黄永武:《中国诗学·设计篇》,台北:巨流图书公司,1989年11月。

黄永武:《中国诗学·思想篇》,台北:巨流图书公司,1989年11月。

郑子瑜:《郑子瑜修辞学论文集》,香港:中华书局,1988年。

陈鹏翔:《主题学研究与中国文学》,收入。

陈鹏翔编:《主题学研究论文集》,台北:东大图书公司,1983年11月。

张汉良:《比较文学理论与实践》,台北:东大图书公司,1986年2月。

王建元:《现象诠释学与中西雄浑观》,台北:东大图书公司,1988年2月。

郑树森编:《现象学与文学批评》,台北:东大图书公司,1991年

4月。

沈清松:《解除世界魔咒》,台北:时报文化公司,1984年8月。

柯庆明:《文学美综论》,台北:长安出版社,1986年10月。

王国璎:《中国山水诗研究》,台北:联经出版公司,1986年。

袁行霈:《中国诗歌艺术研究》,北京:北京大学出版社,1987年6月。

王梦鸥:《文学概论》,台北:艺文印书馆,1989年8月。

吕思勉:《隋唐五代史》,台北:里仁书局,1977年。

〔德〕莱辛(Gotthold E. Lessing)著,朱光潜译:《诗与画的界限》,台北:蒲公英出版社,1985年4月。

〔德〕黑格尔(Georg Wilhelm Friedrich Hegel)著,朱光潜译:《美学》第二、四册,台北:里仁书局,1983年3月。

〔美〕韦勒克(René Wellek)、华伦(Austin Waren)合著,王梦鸥、许国衡译:《文学论——文学研究方法论》(Theory of Literature),台北:志文出版社,1976年10月。

〔日〕铃木大拙:《禅与生活》,台北:志文出版社,1981年。

〔美〕刘若愚著,杜国清译:《中国诗学》,台北:幼狮文化事业公司,1983年10月。

〔美〕刘若愚著,杜国清译:《中国文学理论》(Chinese Theories of Literature),台北:联经出版公司,1985年8月。

傅庚生:《评李杜诗》,收入罗联添编:《中国文学史论文选集》(三),台北:台湾学生书局,1986年9月;另见《杜甫研究论文集》第一辑,北京:中华书局,1962年12月。

朴人:《杜甫的病》,《自由谈》二十二卷三期,1971年。

〔美〕梅祖麟、高友工合著,黄宣范译:《论唐诗的语法用字与意象》,《中外文学》第一卷第一〇期—第一二期,1973年3月—1973年5月。另收入中外文学编辑部:《中国古典文学论丛·册一、诗歌之部》,台北:中外文学月刊社,1976年5月。

〔美〕梅祖麟、高友工合著:《分析杜甫的秋兴》,收入黄宣范编:《语言学研究论丛》,台北:黎明文化公司,1974年5月。

〔日〕小川环树著,谭汝谦编:《论中国诗》,香港:中文大学出版社,1986年。

方瑜:《浣花溪畔草堂闲》,中国古典文学研究会主编:《古典文学》第二集,台北:台湾学生书局,1980年12月。

王次澄:《南朝诗的修辞特色》,中国古典文学研究会主编:《古典文学》第四集,台北:台湾学生书局,1982年12月。

王建元:《中国山水诗的空间经验时间化》,《现象诠释学与中西雄浑观》,台北:东大图书公司,1988年2月。

〔日〕吉川幸次郎:《杜甫与饮酒》,《杜诗论集》,东京:筑摩书房,1980年12月。

〔日〕吉川幸次郎著,孙昌武译:《杜甫的诗论与诗——在京都大学文学部的最后一课》,萧涤非主编:《唐代文学论丛总》第七辑,西安:陕西人民出版社,1986年1月。

〔日〕青山宏:《中国诗歌中的落花与伤春惜春的关系》,王水照等编:《日本学者中国词学论文集》,上海:上海古籍出版社,1991年。

〔日〕青山宏:《中国诗歌中的落花与伤惜春》,《汉学研究》(日本大学)13、14号,1975年11月,页206—207。

郑振伟:《李白诗作的夏季描述》,《汉唐文学与文化研究》,上海:学林出版社,2004年2月。

蔡英俊主编:《中国文化新论·文学篇二:意象的流变》导言,台北:联经出版公司,1982年9月。

黄维梁:《春的悦豫与秋的阴沉——试用佛莱"基型论"观点析杜甫的"客至"与"登高"》,中国古典文学研究会主编:《古典文学》第七集,台北:台湾学生书局,1985年8月。

叶维廉:《中国古典诗中的传释活动》,中国古典文学研究会主编:《古典文学》第七集,台北:台湾学生书局,1985年8月。

钟玲:《先秦文学中杨柳的象征意义》,中国古典文学研究会主编:《古典文学》第七集,台北:台湾学生书局,1985年8月。

覃子豪:《风格》,收入《论现代诗》,台中:普天出版社,1976年。

〔德〕衣沙尔(Wolfgang Iser)著,岑溢成译:《阅读过程中的被动综合》,郑树森编:《现象学与文学批评》,台北:东大图书公司,1991年4月。

〔法〕杜夫润(Mikel Dufrenne)著,岑溢成译注:《文学批评与现象学》,郑树森编:《现象学与文学批评》,台北:东大图书公司,1991年4月。

蔡英俊:《六朝"风格论"之理论与实践探究》,台湾大学中文研究所1979年硕士论文。

萧丽华:《论杜诗沉郁顿挫之风格》,师范大学中文研究所 1986 年硕士论文。

文铃兰:《诗经中草木鸟兽意象表现之研究》,政治大学中文所 1986 年硕士论文。